법보다 주먹! 1
사략함대 장편소설

초판 1쇄 찍은 날 § 2016년 2월 5일
초판 1쇄 펴낸 날 § 2016년 2월 15일

지은이 § 사략함대
펴낸이 § 서경석

편집책임 § 이재림

펴낸곳 § 도서출판 청어람
등록번호 § 제387-1999-000006호
등록일자 § 1999. 5. 31
어람번호 § 제1-2351호

주소 § 경기도 부천시 원미구 부일로 483번길 40 서경B/D 3F (우) 14640
전화 § 032-656-4452 팩스 § 032-656-4453
http://www.chungeoram.com
E-mail § chungeorambook@daum.net

ⓒ 사략함대, 2016

ISBN 979-11-04-90635-0 04810
ISBN 979-11-04-90634-3 (세트)

※ 파본은 구입하신 서점에서 교환하여 드립니다.
※ 저자와 협의하여 인지를 붙이지 않습니다.
※ 이 책은 도서출판 청어람과 저작자의 계약에 의해 출판된 것이므로,
　무단 전재 및 유포·공유를 금합니다.

사략함대 장편소설

FUSION FANTASTIC STORY

①

법보다 주먹!

말보다
주먹!

목차

제1장	깡다구로 산다	7
제2장	법의 맹점	45
제3장	결자해지	79
제4장	내 눈이 이상해	119
제5장	좋은 쎔, 나쁜 놈	153
제6장	사회 통념을 이용한 응징	177
제7장	용봉철의 몰락	207
제8장	망할, 주관식이라니!	235
제9장	돌섬은 다시는 안 갈래	257
제10장	엄! 마!	293

제1장
깡다구로 산다

서울 송파구 잠실동에 위치한 고층 빌딩이 보이는 자동차 안.
자동차 창밖으로 대한민국에서 가장 높은 빌딩이 보인다. 저게 124층에 556미터란다. 하지만 지금 내 눈에 꽂힌 것은 그 빌딩 앞에 있는 다소 아담한 12층짜리 빌딩이다. 그리고 그 빌딩 지하에는 룸살롱이 하나 있다.
그곳이 오늘 내가 이곳에 온 이유다.
"괜찮겠어요, 박 사장?"
"우린 의뢰받은 건 꼭 합니다."
"그래도……."
내게 일을 맡긴 건설사 사장이 더욱 긴장한 눈빛을 보였다.
"피해 안 가게 할 테니까 걱정 마십시오."
이 바닥에서 구른 지 벌써 15년.

배운 것 없이 지금까지 깡다구만으로 버텼다.

"휴우!"

나는 바로 크게 심호흡을 한 번 하고는 차 문을 열었다.

저기 들어가면 죽을 수도 있다. 하지만 여기서 도망친다면 일도 제대로 처리 못하는 조폭이라는 꼬리가 붙어 일감을 줄 건설사 사장은 아무도 없을 것이다.

"…뒈져도 고다."

      *   *   *

"뭐야?"

내가 문을 여는 순간 화기애애하던 분위기가 차갑게 식었다.

"너, 박동철이!"

그중에는 나를 알아보는 놈도 있었다.

그래, 나도 이 바닥에서는 깡다구 좋기로 유명하다.

그리고 중앙 상석에 앉아 있는 중년의 남자는 아무 일도 아니라는 듯 자신의 부하들에게 앉으라는 시늉을 했다.

"박동철!"

최문탁!

그가 내 목표다. 서로의 이익이 충돌하고 있기에 내가 왜 온 것인지도 알고 있을 것이다.

"잘 계셨습니까?"

"니가 오기 전까지는."

내가 들어오자마자 흥분하여 일어선 놈들과는 다른 반응이었다. 그런 그에게선 근접할 수 없는 위압감이 흐른다.

노는 물이 다른 것이다.

"뭐해? 자리 내드려라!"

의외의 반응이다. 이 말은 최소한 내 무모한 행동이 통하고 있다는 의미일 것이다. 그게 아니면 내가 가소롭거나.

"사장님!"

"내드려! 날 보러 온 손님이잖아. 천하의 최문탁이 박동철이 무서워서 몸을 사렸다는 소릴 들을 수는 없지."

체면이 있다는 것이다.

"예."

"앉겠습니다. 우선 환대에 감사하고요."

다리가 후들거리지만 애서 내색하지 않고 깡으로 앉았다. 이 룸이 넓기는 하지만 나를 포함해 내 표적인 최문탁까지 해서 총 열 명 정도가 앉아 있다.

'5미터!'

달려가서 그대로 쑤신다면 최문탁을 골로 보낼 수 있을 것이다. 하지만 그렇게 되면 나도 골로 갈 것이다.

"한 잔 하겠나?"

"됐습니다."

나는 바로 허리춤에 넣어둔 사시미를 꺼내 대리석 테이블 위에 올려두었다.

"아니, 이 새끼가 미쳤나! 어디서 연장을 꺼내고 지랄이야? 확 그 사시미로 멱을 따줄까!"

최문탁은 가만히 있는데 옆에 있는 것 중 하나가 짖었다.

그러자 최문탁이 눈살을 찌푸렸다.

"물 거 아니면 짖지도 마, 개새끼야! 나는 지금 물려고 왔으니까!"

"뭐, 뭐, 인마? 이 새끼가 정말!"

"가만히 있어."

최문탁이 차갑게 말했다.

"…예."

역시 개는 주인의 말에 꼬리를 내린다.

하지만 꼬리만 내렸을 뿐 분위기는 여전히 살벌했다.

"전 그거밖에 없습니다."

"사업일 뿐이지."

"저한테는 목숨이죠."

"여기서 그걸로 나 찌르면 무사하지 못해."

"그렇죠. 뒤지겠죠. 하지만 일 처리도 못하면 저같이 족보 없이 깡으로 먹고사는 놈한테는 일감이 안 들어옵니다."

"듣던 대로 깡이 좋네."

"그거 하나밖에 없습니다."

"꼭 이럴 필요 있나? 우리가 모르는 사이도 아니고."

그렇다고 아는 사이도 아니다.

나는 누가 건드린다면 가만있지는 않는다. 그리고 최문탁은 지금까지 최소한 내 밥그릇은 안 건드렸다.

"그러니까요. 제 몫입니다."

"목숨을 걸겠다고?"

"걸어야죠. 그래도 형님 소리 듣고 사는데 딸린 식구들 밥은

먹여야죠."

"역시 듣던 그대로 깡이 좋네."

"저는 잃을 것이 없습니다."

"목숨이 있잖아."

"오늘 죽으나 나중에 말라 죽으나 죽는 것은 같습니다."

"그렇다면 당장 죽어."

"설마 제가 혼자 왔겠습니까?"

나는 바로 주머니에서 핸드폰을 꺼냈다. 최문탁이 유심히 나를 보자 나는 112를 꾹 눌렀다.

"내가 사람을 하나 죽이려고 하는데 딱 5분 안에 오소!"

―네, 네? 지금 뭐라고 하셨습니까?

다짜고짜 사람을 죽이겠다는 내 말에 신고를 받은 경찰이 당황한 목소리로 반문했다.

"서울 강남 성공빌딩! 지하 룸살롱! 내가 죽일 사람은 최문탁! 딱 5분이요."

통화를 듣고 있던 최문탁이 인상을 찡그렸다.

깡으로 설친 것이다.

"끊소. 늦으면 두 명이 죽소."

뚝!

할 말을 마치고 바로 전화를 끊었다.

"저는 준비 끝났습니다. 갈까요, 말까요?"

내 말에 기가 죽은 조폭들이 자리에서 벌떡 일어났고, 최문탁은 그들의 배짱을 보고 찰나지만 인상을 찡그렸다.

"앉아!"

나직이 말하는 최문탁이다. 하지만 부하들은 그의 명령을 곧이곧대로 들을 수는 없었다.

"앉으라고! 모양 빠지게 뭣들하는 거야!"

처음으로 최문탁이 버럭 소리를 질렀고, 그제야 부하들이 자리에 앉았다.

"박동철이!"

나를 부르는 최문탁의 눈빛이 떨렸다.

"고입니까, 스톱입니까?"

"좋아, 철수하지."

"최문탁 사장님께서 두말 안 하시는 분이라는 거 압니다."

살짝 미소를 보였다.

"감사합니다. 두 명 살리셨습니다."

나는 자리에서 일어나 꾸벅 최문탁에게 허리를 90도로 숙여 인사했다.

물론 아직도 숨이 막히도록 겁이 난다.

깡에서 내가 이긴 것이다. 나는 죽겠다고 여기 왔다. 그리고 최문탁을 병신으로 만들 수 있었다. 물론 최문탁도 그것을 알고 있다. 그러니 이 상황을 피해야 하는 것은 최문탁이다.

여전히 내 뒤에는 바짝 긴장한 것들이 입구를 막고 있다.

"비켜드려라!"

최문탁의 말에 입구가 열렸다.

'마음 변하기 전에 떠야지.'

나는 최대한 대담하게 걸었다. 하지만 속은 타들어갔다.

"그냥 보내도 되겠습니까?"

룸 안에서 나를 그냥 보내도 되겠냐고 조폭들이 최문탁에게 말하는 소리가 내 귀에 들려왔다.
"너는 저렇게 할 수 있냐?"
"예?"
"죽기를 각오하고 사자의 아가리로 뛰어들 수 있느냐고."
최문탁의 질문에 대답이 없다.
"박동철이 말 중에 틀린 말 하나도 없더라. 내가 쌓아놓은 것이 얼마인데 박동철이 죽이고 학교 갈 일 있냐? 너희들이 내 뒤통수를 안 칠 거라는 보장도 없고."
"형님……."
"저 친구, 깡으로 사네, 마음에 들어! 하하하!"
최문탁은 내 깡이 마음에 든 모양이다.
따르릉! 따르릉!
그때, 최문탁의 핸드폰이 울렸다.
"저한테 부탁하신 그대로 참아 넘겼습니다."
살짝 굳은 표정으로 말하는 최문탁이다.
―고맙습니다.
차분한 목소리다. 하지만 차갑다.
"하지만 조 회장님 부탁이라 해도 두 번은 없습니다."
―누구든 박 사장 건드리는 사람은 편히 못 삽니다.
"이러지 마시고 직접적으로 밀어주시면 되지 않습니까?"
―사람은 자기 밥그릇 안에서 그 밥그릇 파먹고 사는 겁니다. 끊습니다. 이번 일은 잊지 않겠습니다.
뚝!

"으음……."
최문탁이 신음 소리를 토해냈다.
"누굽니까, 형님?"
"내가 감당도 안 되는 사람."

* * *

최문탁과의 담판을 짓고 빌딩 밖으로 급하게 나왔다.
죽다 살아난 기분?
딱 이 순간이다.
"휴~ 불알이 쪼그라들 정도로 쫄았네……."
대차게 깡으로 밀어붙였지만 겁이 나는 건 어쩔 수 없었다.
'왜 이렇게 사냐?'
만감이 교차하는 순간이다. 부모가 공부하라고 했을 때 공부했으면 이리 살지는 않았을 것이다.
후회?
그런 것이 아니라 이렇게 목숨을 걸며 치열하게 사는 것이 나이 먹고 나니 이제는 버겁다.
다리가 후들거린다는 느낌이 딱 이럴 것이다.
"형님!"
내가 빌딩 밖으로 나오자 운전석에 앉아 있던 부하가 급하게 뛰어나왔다.
"형님!"
"조 사장님 모셔드려."

그리고 조 사장이 밖으로 나왔다.
"어떻게 됐습니까?"
"내일 막힌 자금줄 풀릴 겁니다."
"역시 박 사장입니다."
"건물 관리는 우리 애들이 하는 겁니다."
"그렇죠. 걱정 마십시오."
이 일로 또 몇 놈이 목구멍에 풀칠하게 될 것이다.
조폭?
멋지게 보일 것이다.
요즘 애들은 경찰보다 조폭을 더 동경한단다.
미친 세상이다. 아무것도 모르는 애들이 영화에서나 나오는 의리를 따지는 조폭의 헛 지랄에 눈이 돌아간 것이다.
내가 아는 조폭 중에 의리를 지키는 놈은 아무도 없다.
멍청한 나 정도나 의리를 지키지, 지금 나를 한없이 걱정하는 저놈도 언제 내 등에 칼을 꽂을지는 아무도 모른다.
배신이 판치는 세상, 비열함이 넘치는 거리, 서로를 물어뜯어야만 살아남을 수 있는 철저한 약육강식의 세계!
나는 그런 곳에서 여전히 늙어가고 있다.
'최문탁이 부럽네.'
조폭이라고 해도 머리가 좋다면 저렇게 살 것이다. 물론 올바르게 사는 것은 아닐 것이다. 하지만 최소한 나처럼 이렇게 다 늙어서 현장에서 뛰지는 않을 것이다.
"모셔드려."
"박 사장은?"

"좀 걸으렵니다."
"왜?"
조 사장이 조금은 걱정스러운 눈빛으로 나를 봤다.
"오늘 저 귀빠진 날입니다."

그러고 보니 귀빠진 날이 제삿날이 될 뻔했다. 아마도 오늘 최문탁의 기분이 꽤나 좋았기에 이렇게 무사하게 밖으로 나왔을 수 있다. 그게 아니면 내게 뭔가 바라는 것이 있어서일 것이다. 만약 후자라면 나는 쥐약을 찾아 스스로 삼킨 꼴이다.
'깡으로 살다가는… 깡으로 죽는다.'
요즘 자꾸 그런 생각이 든다. 하지만 어쩔 수 없다.
스톱이 없는 인생!
그러니 뒈져도 고다.
"오, 그래요. 그럼 내가 술 한잔 거하게 사겠소."
"좀 쉬렵니다. 모셔드려!"
"예, 형님!"
부하가 조 사장을 차에 태우고 급하게 사라졌다. 부하 놈은 여전히 불안한 것이다. 뒤도 돌아보지 않고 꽁무니를 빼는 것을 보니 말이다.
"밤공기가 참 차다……."
밤공기가 차다.
아니, 시원하다.
오늘은 그냥 터벅터벅 걷고 싶다.
따르릉~ 따르릉~

그때 밤 11시 59분인데 누군가 전화를 걸어왔다.

"…뭐지?"

발신번호가 없다. 최문탁의 일이 끝나자마자 전화가 왔다. 아마 최문탁일 가능성이 크다.

"이거, 안 받을 수도 없고……."

감이라는 것이 있다. 이 전화를 받지 않으면 안 될 것 같은 그런 감 말이다.

"여보쇼?"

—**인생을 리셋하시겠습니까?**

무미건조한 기계음이 이 밤에 개소리를 내게 씨불였다.

"무슨 개소리냐?"

발음도 이상했다.

마치 조선족 보이스피싱처럼 말이다.

—**인생을 리셋하시겠습니까?**

"리셋? 야! 너, 인생 리셋당하고 싶어?"

우울한 기분에 더욱 초를 치는 전화였다.

—**인생을 리셋하시겠습니까?**

장난 전화인 모양이다. 똑같은 말을 똑같은 발음으로, 또 똑같은 톤으로 말하는 것을 보니 내게 장난을 치는 놈이 분명했다.

"미친 새끼! 어떻게 내 인생을 리셋시켜 줄 건데? 그리고 씨발 새끼야, 어떻게 인생을 다시 시작할 수 있어? 장난 까냐? 너, 발신번호 안 뜬다고 내가 못 찾을 줄 알지? 내가 누군지 알아? 나, 박동철이야! 깡으로 사는 박동철!"

나도 모르게 오버하고 말았다.

장난 전화면 끊으면 그만인데 말이다.
—인생을 다시 리셋하시려면 1번, 이대로 사망하시려면 2번을 눌러주십시오.
"뭐?"
정말 어이가 없는 순간이다.
그때 아스팔트 도로에서 미세한 떨림이 느껴졌다.
"너… 뒤진다. 장난 전화 그만해라."
—지정된 번호를 누르십시오."
"망할 새끼! 그래, 어디 한번 눌러보자."
장난 전화가 분명한데 이상하게 끊고 싶지 않았다.
인생을 리셋할 수 있다면, 정말 그렇게 할 수 있다면 나도 좀 공부도 하고 이런 인생 대신 새로운 삶을 살아가고 싶다.
"그래, 씨발, 내가 한 번 놀아준다. 1번!"
나는 핸드폰의 1번을 꾹 눌렀다.
—인생을 리셋하시는 것을 선택하셨습니다. 5, 4, 3, 2, 1! 리셋!
"아주 지랄을 한다."
우르르르! 콰콰쾅!
그때 미세하게 떨리던 아스팔트가 한순간에 쑥 꺼졌다.
"어? 어어? 으아아악!"
말로만 듣던 싱크홀이다. 뉴스에서 556미터짜리 빌딩 주변에서 큰 사고가 날 수도 있다고 했는데, 그 사고를 내가 당하고 있는 것이다.
"아아아악!"
발에 딛는 것이 아무것도 없어서인지 절로 거친 비명이 나왔다. 하지만 내 몸은 마치 천 길 낭떠러지로 떨어지는 것처럼 계속해서 떨어질 뿐이었다.

"씨바아아알!"

깡으로 지금까지 버틴 나인데 이렇게 허망하게 죽는구나 하는 생각이 들었다.

*   *   *

"씨바아알!"

비명을 지르며 벌떡 일어섰다. 그 순간 눈앞에 믿을 수 없는 광경이 펼쳐졌다.

교실이다.

'뭐, 뭐냐?'

당황스러운 순간이다.

그리고 꿈인지 아닌지는 모르겠지만 내 주위에 있는 모든 이가 넋이 나간 상태로 멍하니 나를 보고 있다.

"뭐? 씨바아알? 야! 너, 나와!"

칠판 앞에 서 있던 선생님도 내 비명에 깜짝 놀랐는지 잠시 멍해 있다가 정신을 차리고는 내게 버럭 소리를 질렀다.

'어? 어디서 본 것 같은데······.'

학생주임이다. 수학을 가르치고 안테나라는 칭호를 가진 독하기로 유명한 선생님이 나를 꼬나봤다.

"안 나와?"

내가 여전히 멍해 있자 선생님이 내게 뛰어왔다. 뛰어오면서 앞으로 발을 올려 차더니 나이키 슬리퍼를 벗고 손으로 낚아챘다.

'저, 저걸로 때리려나?'

맞아본 놈은 안다.

슬리퍼의 공포를.

이 순간이 이해가 되지 않지만 꿈은 아닌 것 같다.

선생님의 번뜩이는 눈빛이 예사롭지 않으니 말이다. 그리고 앞으로 내게 어떤 일이 일어날지 분명해졌다.

"니, 이름이 뭐꼬?"

선생님이 내 뺨을 잡고 물었다.

꼬집힌 뺨이 아픈 걸 보니 꿈이 아니다.

"박동철인데요……."

나는 상황 판단이 안 돼서 기어들어 가는 목소리로 말했다.

"박동철이는 수학 시간에 씨발이라고 욕해도 되나? 쌤 깜짝 놀라게? 니, 맛이 갔재?"

이 순간 보이는 것은 오른손에 들고 있는 슬리퍼.

일명 딸딸이!

"선생님, 여기가… 여기가 어딥니까?"

내 물음에 선생님이 어이가 없다는 듯 명한 표정을 지었다.

"야들아!"

"예, 쌤!"

"야가 원래 이런 야가? 또라이 아이가?"

"…아닌데예."

"아니야?"

"예, 쌤! 우리 학교 통인데예."

"통?"

선생님이 스르륵 잡고 있던 내 뺨을 슬며시 놨고, 그 모습에 애들이 킥킥거렸다.

"야!"

다시 선생님이 나를 불렀다.

"…예."

여전히 적응이 안 된다. 분명한 것은 선생님도, 지금 킥킥거리고 있던 애새끼들도 모두 어디서 본 것 같다는 것이다.

"니, 통이가?"

"그랬던 것 같습니다."

내 말투에 선생님이 요상한 눈으로 봤다.

"니, 서울에서 왔나?"

"아닙니다."

"이게 쌤을 놀리네. 어디서 뺀지리리한 서울 말씨로 쌤을 가지고 노나?"

짝! 짝! 짝!

눈에 불똥이 튀었다. 나도 모르게 처음 한 대를 맞았을 때 주먹이 불끈 쥐어졌다. 하지만 이 순간이 너무나도 당황스러워 주먹을 날리지는 않았다. 그리고 아무리 내가 조폭이라고 해도 학교 선생님을 깔 수는 없었다.

영화도 있지 않는가?

두사부일체라고.

"아프재?"

나도 모르게 선생님을 노려봤다가 바로 눈을 깔았다.

"싸랑하는 제자를 때리는 내도 아프다. 알겠나?"
"…예."
"정신 단디 차리라. 이제 고3이다, 고3!"
고3?
내가 고3이라고? 어쩌면, 정말 이 순간이 꿈이 아니라면 싱크홀로 떨어질 때 받은 무미건조한 기계음, ARS가 말한 것처럼 인생이 리셋된 것일지도 모른다는 생각이 들었다.
"저 급훈 보고 정신 단디 차리라!"
선생님이 손가락으로 칠판 오른쪽 위에 걸려 있는 급훈을 가리켰다.

공부해라! 마누라 얼굴이 달라진다.

정말 리얼리티한 급훈이다.
'맞아, 여기는 마산이다.'
열아홉 살의 나, 그러니까 고등학생 때 나는 마산에 살았다.
리셋?
이 순간이 꿈이 아니라면!
선생님에게 슬리퍼로 싸대기를 맞는 순간 교실 분위기가 차갑게 식었다. 아니, 내가 그냥 맞고 있다는 것이 놀라운 것 같다.
"선생님!"
내 목소리가 컸는지 교탁으로 돌아가려던 선생님이 흠칫 놀란 듯 나를 급하게 돌아봤다.
한마디로 쫀 것 같다.

"…와?"

"대학에 갈려면 어떻게 해야 합니까?"

"마! 세상에는 불가능한 일은 없는 기라. 하지만 거의 불가능한 일도 있는 기다."

"제가 대학을 가는 것이 거의 불가능합니까?"

"거의!"

"선생님!"

"와? 대학 가고 싶나?"

"예."

"수업 끝나고 교무실로 온나."

선생님이 묘한 눈으로 나를 한참이나 쳐다봤다.

* * *

"동철아~"

그때 반대편 끝자리에 앉아 있던 놈이 내 이름을 부르며 다가왔다. 딱 봐도 양아치다.

'저런 것이 내 친구였지.'

결론은 나도 부정할 수 없는 양아치였다.

"왜?"

"니, 뭐 잘못 묵었나?"

"뭐가?"

"대학 간다 하지 않았나?"

"가 보려고."

"마! 니는 전교 꼴등이다. 아나? 니 안 오면 내가 꼴등이고."
정확한 현실을 상기시켜 줘서 고맙다.
쾅!
주먹을 불끈 쥐고 눈앞의 이 녀석을 어떻게 해야 할까 고민하고 있을 때 교실 뒷문을 벌컥 열렸다.
"누가 박동철이고?"
딱 봐도 대략 짐작이 됐다.
'전학생인가?'
나는 힐끗 고개를 돌려 교실 뒷문을 박차고 들어온 새끼를 봤다.
"누가 박동철이냐고!"
우당탕탕!
뒷문을 열고 들어온 놈이 기선 제압이라도 하겠다는 듯 제일 뒷자리에 있는 의자를 집어 던졌고, 그 의자는 숨을 죽이고 있는 애먼 애한테 날아갔다.
"으억!"
날아간 의자에 맞은 애는 바로 신음 소리를 토해냈다.
"니 뭐꼬?"
반대편 끝자리에 앉아 있던, 나한테 말을 건 양아치 조명득이 앞으로 나섰다.
퍽!
하지만 남의 교실에 들어온 놈은 의자에 맞은 애는 신경도 쓰지 않고 다짜고짜 앞으로 나선 조명득의 가슴을 발로 후려 깠다.

"꼬붕은 빠지라!"

"으윽!"

그러고 보니 저 양아치 새끼, 엄청난 거구다.

그만큼 힘도 세 보였다. 저놈만큼 거대한 체구는 아니라고 해도 어느정도 덩치가 있던 조명득이 맞아 날아갈 정도니까.

"한번 뜨자. 내가 2년 꿇어서 2학년이니까 말 까도 되제?"

확실히 내가 이 학교 통은 맞는 모양이다.

"너, 고3 아니니?"

내 표준어에 김수용이 나를 보며 어이가 없다는 듯 웃었다.

"캬아~ 마! 여기가 서울이가? 아니니~ 아니니~ 하이고 혀를 너무 굴려서 담 걸리겠다."

"내가 오늘 조금 당황스러우니까 그냥 가라."

"와, 쫄았나? 쫄았재? 쫄았구만! 하하하! 쫄았네~"

놈은 내 충고는 듣지도 않고 마냥 까불고 있다. 저런 비곗덩이는 한주먹감도 안 된다. 원래 조폭은 삼류만이 무섭게 보이기 위해 덩치를 키운다.

"몇 분 남았노?"

김수용이 달고 온 놈들에게 물었다.

"7분."

"7분이면 하나 까는 데 충분하지. 이젠 내가 이 학교 통이다."

김수용은 선언하듯 말했다.

"왜 이 학교 통이 되려는데?"

내 물음에 김수용이 어이가 없다는 듯 나를 봤다.

"몰라 묻나? 니는 세금 안 걷나?"

순간 뒤통수를 크게 한 대 맞은 기분이다.

'나는 과거부터 빼도 박도 못하는 양아치였네.'

"쪼갤까?"

김수용이 자세를 잡았다. 후까시가 심하다. 나는 그것보다 더 빠르게 앞으로 달려 나가면서 바로 뛰어올라 발꿈치로 후까시를 잔뜩 잡고 있는 놈의 정수리를 찍었다.

쩌어억!

놈의 머리통에서 수박 깨지는 소리가 났다.

"으악!"

쿵!

그러고는 놈이 고꾸라졌다.

"갔네, 갔어."

툭툭! 툭툭!

나는 김수용을 발로 툭툭 찼다.

"야, 야야!"

"으으윽!"

툭툭 차니 김수용이 정신을 차리고 일어나려다가 내가 다가서자 온몸을 움츠렸다.

"야!"

"…으으으, 어, 응!"

"너, 앞으로 이 교실에 또 들어오면 뒤진다."

"으으응."

처음에 기세등등하게 들어왔을 때와는 확실히 달라졌다.

애들 말로 넘사벽이라는 생각이 들었을 것이다. 꼭 이렇게 맞고 나서야 현실을 받아들이는 놈들이 있다.

"알아먹었으면 당장 꺼져!"

그렇게 학교 통이 되고 싶어 나한테 덤빈 김수용은 교실을 떠났고, 나는 김수용이 던진 의자에 맞아 머리에 상처가 난 녀석에게 다가갔다.

"야, 괜찮냐?"

내 물음에 녀석이 놀란 표정을 지어 보였다.

"괜, 괘얀타. 보호비는 내일 가져다주께."

이건 또 무슨 소리인지 모르겠다. 분명 과거의 내가 저지른 일이 분명한데 기억이 가물가물하다.

"보호비?"

"내, 내일 바로 가져다줄게!"

녀석은 눈도 마주하지 못하고 벌벌 떠는 목소리로 말했다. 역시 나는 양아치였다. 그리고 그 양아치가 커서 조폭이 된 것이다. 어쩌면 당연한 수순이다.

"됐다. 그런 거 이제 안 받는다."

"왜, 왜?"

내가 보호비를 안 받는다고 하니 도리어 녀석이 울상이 됐다. 마치 돈 안 받고 다시 나를 괴롭힐 거냐는 눈빛처럼 느껴졌다.

나도 모르게 등골이 오싹해졌다. 내가 이렇게 썩은 놈이었다는 것을 잊고 지낸 나 자신이 새삼스럽게 놀랍다.

"표정이 왜 그래?"

"또 야들 시켜서 괴롭히려는 기가?"

"그런 거 없다. 사람 좀 되어보려고 그러니까 걱정하지 말고."

깡다구로 산다 29

나는 녀석의 어깨를 툭툭 두드려줬다.
'그러고 보니 쟤 이름이 뭐지?'
기억나는 것이 하나도 없다. 20년도 더 되었으니 이 교실에 있는 녀석들의 이름이 생각나지 않았다.
"너, 그런데 이름이 뭐냐?"
내 물음에 녀석이 흠칫 놀라며 다시 나를 봤다.
"어, 어디 아파?"
"머리가 좀 복잡해서 그래. 이름이 뭐냐고?"
"…오득현."
"이름 좋네. 득현아, 양호실 가봐라. 피 계속 난다."
"으, 으응."
오득현이 내 친절에 겁먹은 표정으로 대답했고, 조명득은 내가 왜 이러냐는 눈빛으로 나를 봤다.
"동철아~"
"괜찮나?"
"새끼가 비겁하게 선방을 날려서 당한 기라. 이 정도는 까딱도 없다. 그런데 너 와 그라노?"
"우리, 대학 가자."
"대학?"
조명득은 또 그 소리냐는 눈빛이다.
"가자. 못 갈 것 없다."
"니나 가라, 대학~"
마치 조명득은 어느 영화에서 니가 가라 하와이~ 라는 대사를 날리는 영화배우처럼 말했다.

30 법보다 주먹!

"친구 아니냐? 같이 가자."

"체! 말이 쉽지. 그리고 오늘 있을 갱일고 통이랑 맞장 뜨는 것은 어쩌고?"

"맞장? 그런 게 있었나?"

"있지. 창원, 마산 통합 짱을 가리는 날이다."

"의미 없다."

"그럼 대~ 마산이 뭣도 아닌 창원한테 먹히라는 기가?"

듣고 보니 또 그런 것 같기도 하다. 하지만 공부랑 쌈질은 같이 갈 수 없다.

"그리고 창원 공돌이들이 드세서 그냥 가만히 안 있을라칸다."

"의미 없다."

나는 의자에 앉아 창밖을 보며 말했다.

"동철아~ 대학을 가도 마산 싸나이의 힘은 보여줘야재."

"같이 갈래, 대학?"

"마! 대학은 우리가 가고 싶다고 갈 수 있는 곳이 아니다. 니는 전교 꼴등, 내는 니 앞. 우리가 대학 가면 세상 뒤집어진다."

"갈 방법을 찾아야지. 나는 서울대 갈 거다."

"뭐? 서울대? 이 자슥이 쓰레빠 세 대 맞고 맛이 갔나?"

학교 통에게 이렇게 말할 수 있다는 건 친하다는 의미다.

"맛 제대로 한번 가볼 참이다."

"고수가 무림을 떠나면 이 무림은 난세가 되지 안 카나."

고딩의 개소리가 펼쳐졌다.

하지만 내 입으로 새로 사는 인생, 이제는 밤 세계의 길을 걷

깡다구로 산다 31

지 않고 밝은 곳으로 나가겠다는 말은 못하겠다. 조명득이 말한 것처럼 쓰레빠 세 대를 맞고 정신이 나간 건지 그때 내 목표가 정해졌다. 이제는 어떻게 움직일지에 계획만 세우면 된다.

"그건 그렇고 너, 담배 있냐?"

마음이 답답해서 조명득에게 담배를 달라고 했다.

"여기 있다!"

"참, 여기 학교지……."

나도 모르게 인상을 찡그렸다. 그리고 내 표정에 조명득이 더 이상하다는 듯 멍해졌다. 나는 학교 그런 것에는 신경을 거의 안 쓰고 마음대로 행동한 놈이었다.

'참, 내가 나를 다 잊었네.'

     ＊   ＊   ＊

"선생님!"

내가 학생주임 앞에 서자 학생주임은 '정말 왔네'라는 눈빛을 보였다.

"왔나?"

"예, 선생님!"

벌써 저녁 7시 정도라 교무실에 다른 선생님은 없었다.

"니, 정말 대학 가고 싶나?"

"예, 꼭 가고 싶습니다."

"어디로 가게? 창신 전문대 가게? 아니면 경남대?"

둘 다 지방에 있는 대학이었다.

"거기 갈 바에는 그냥 조폭으로 살 겁니다."

"조폭? 암, 그라재. 양아치가 크면 조폭이제. 그것도 못 되면 그냥 늙은 양아치로 끝날 기고. 니, 몰랐는데 꽤나 잘 나간대매?"

"그런 것 같습니다."

"부산에서도 오라고 한다고?"

부산이면 칠성파다. 내가 알기로 부산을 거점으로 하는 칠성파는 지방 조직이지만 전국구 이상으로 과격한 조직으로 알고 있다.

'나에 대해 많이 아시네……'

정작 내 기억이 가물가물한데 선생님께선 나를 정확히 알고 계셨다. 하지만 결론부터 말하자면 나는 칠성파의 스카우트를 승낙도 하기 전에 교실에 들어온 경찰들에 의해 수갑을 차고 바로 교도소로 직행했다.

"그래서 대학 못 갑니까?"

교실에서도 한 질문을 다시 쌤에게 했다.

"니, 진심이가?"

"제 눈을 보십시오. 그리고 판단하십시오."

"눈깔이 진짜라서 묻는 기다."

"되겠습니까?"

"안 되는 것은 없데이. 이거 가져가그라!"

쌤이 내게 쪽지를 내밀었다.

"뭔데요?"

"학교에서 각 과목 1등 하는 애들 이름이다."

"그런데요?"

"대갈통이 돌이가?"

"예?"

"갸들한테 진따를 붙으라고. 밥을 떠서 씹어서 니 목구멍까지 넘겨주까?"

"…예, 감사합니다, 쌤!"

"앞으론 애들 협박하고 그러지 마라."

"예."

"그라고!"

"예, 쌤!"

"니, 애들한테 삥 뜯고 다니나?"

"…예."

내가 솔직하게 인정하자 쌤이 좀 더 놀란 표정을 지었다. 그리고 정말 이 새끼가 뭔가 잘못 먹은 것이 아니면 마음을 다잡았다는 눈빛으로 변했다.

"대충 들으니까 액수가 엄청나대. 경찰한테 연락할라캤다."

"…예."

회귀를 해서 꿈이 생겼는데 대학 대신 학교를 갈 판이다. 맞다. 그때 교실에서 바로 수갑 차고 구속됐다. 하지만 이제야 나를 고발한 사람이 학생주임 쌤이었다는 것을 알게 됐다. 그리고 그때부터 조폭의 인생의 시작되었다. 공갈 및 갈취로 2년을 썩었고, 출소하니 할 것이라고는 주먹 쓰는 일밖에 없었다.

"다 토해라."

"토해요?"

"토해!"

그 순간 직감했다. 이것이 쌤이 주는 마지막 기회라는 것을.

"예, 알겠습니다."

"진짜?"

"예, 다 돌려주겠습니다."

"어떻게?"

"노가다를 해서라도 다 토해내겠습니다."

"그럼 전화는 안 해도 되겠네."

"감사합니다."

"니, 진짜 사람 됐나?"

쌤이 다시 물었다.

"예."

"그런데 니는 뭐가 되고 싶어서 대학 간다고 이 지랄이고?"

내가 대학을 간다는 것이 지랄이라고 생각될 정도로 나는 양아치였다.

"예?"

"꿈이 뭐냐고."

"꿈요? 꿈은… 아직 안 정했습니다. 하지만 이대로 살다가는 조폭밖에 더 되겠습니까?"

"꿈도 없는 새끼가 달라진다고? 마! 입에 침이나 발라라. 꿈이 뭐꼬? 와 변했노?"

"제 꿈은… 검사가 되는 겁니다."

"검사? 니가 말하는 검사가 나쁜 놈 때려잡는 그 검사는 아니재?"

"그럼 설마 칼 쓰는 검사겠습니까?"

쌤이 나를 놀린다는 생각에 나도 모르게 버럭 했다.

"이게 또 버럭질이네. 자슥아! 그 승질부터 죽이라."

"죄송합니다, 쌤!"

"쌤이 쌤을 하는 이유는, 그리고 모든 쌤이 쌤인 이유는 개과천선한다는 것들 뒤를 봐주려고 하는 기라."

"예."

"니라고 검사 몬할 것은 없다. 궁둥짝에 고름 찰 때까지 의자에 앉아 있어야 한다. 공부는 대가리로 하는 것이 아니라 방디로 하는 기다."

말인지 사발인지 모를 소리를 하신다.

"…예?"

"끈기로 하는 기라고. 니는 하루에 세 시간 이상 자면 대학 몬 간다."

"사람이 어떻게 세 시간만 자고 삽니까?"

"몬할 기면 하지도 말고. 니가 대학 가는 건 거의 불가능하다."

"알겠습니다. 해보죠."

깡으로 못할 것은 없다.

적어도 나는 깡으로 살아왔고, 그 말을 신념처럼 삼아왔다.

"이거 받으라."

쌤이 발로 내 앞에 놓여 있는 종이 박스를 툭 찼다.

"니 선배들의 선물이다 가가라."

"예."

"이제부터 야자 할 기재?"

"예, 쌤."

학생이 쌤 앞에서 할 수 있는 대답이 '예'밖에는 없다는 것을 이제야 알게 됐다. 그래, 야자부터 시작이다. 오늘부터 학교에서 죽고 살 것이다.

"그런데 쌤."

"와?"

"잠깐 나갔다가 와서 야자 해도 됩니까?"

"어디 갈라고?"

"쌤한테 드릴 말씀이 아니라서……"

"와?"

담배 생각이 간절하다.

"한 대만 피우고 오려고… 요."

"담배 필라고? 학교 밖으로 나간다고? 니가 증말 사람 됐네. 니 학교 뒤편 공터에서 그냥 빨지 않았나? 여선생이 보면 눈깔로 야리기까지 하고."

"앞으로 학교에서 담배 피우는 것들 없을 겁니다."

이건 거래라면 거래이다.

"내 일을 대신해 주겠다고?"

"스승의 은혜는 하늘같다 아입니까?"

내 대답에 쌤이 피식 웃었다.

"으색하다, 자슥아. 치아라! 사투리."

"예."

사투리도 아무나 쓰는 것이 아닌 모양이다.

"그건 알아서 하고, 니한테 시간이 없다는 것만 알아라."

"예, 쌤!"

나는 꾸벅 인사를 하고 쌤이 준 박스를 들고 교무실 밖으로 나오기 위해 돌아섰다.

따르릉~ 따르릉~

그때 전화벨이 울렸다.

"전화 좀 받아라."

"제가요?"

"그래. 내 어디에 갔냐고 물으면 야자 통제 갔다고 하고."

"예."

쌤이 받으라고 해서 나는 전화를 받았다.

—선택의 시간입니다.

ARS 음성이 들려왔다. 더 놀라운 것은 내가 싱크홀에 빠지기 전에 들은 그 목소리라는 것이다. 나는 교무실 문을 열고 나가는 쌤을 봤다. 이제 교무실에는 나뿐이다.

"누구냐? 너, 나한테 왜 이러는 거야?"

—선택의 시간입니다.

내 물음에 대한 답 대신에 다시 ARS 음성이 들렸다.

이럴 줄 알았다. 회귀를 하기 전과 같은 상황이다.

—1번, 진실의 눈동자. 2번, 지식을 담는 뇌. 선택하십시오.

"이건 또 무슨 개소리야?"

교무실 밖에 조명득이 기다리고 있기에 작은 목소리로 되물었다.

—선택하십시오. 미 선택 시 랜덤으로 스킬이 결정됩니다.

"스킬?"

개소리의 연속이다. 하지만 고등학생으로 되돌아간 믿지 못할 일을 겪은 나로서는 믿을 수밖에 없는 개소리였다.

―5 ,4 ,3…….

"잠깐! 그러니까 나는… 그러니까 1번!"

ARS 음성이 바로 카운트다운을 시작했기에 급한 마음에 생각도 해보지 않고 바로 1번을 선택했다.

―1번을 선택하셨습니다. 진실의 눈동자가 장착되었습니다.

뚝!

자기 할 말만 하고 다짜고짜 전화가 끊겼다.

뚜… 뚜… 뚜…

"이건 정말 뭐지?"

전화기는 한참 전에 끊어졌지만 당황스러운 마음에 전화기만 볼 수밖에 없었다. 하지만 내게 뭔가 특별한 일이 일어나고 있는 것만은 분명한 것 같았다. 하지만 더욱 분명한 것은 내가 정한 목표를 향해 전진하고 있다는 것이다.

"그래, 궁둥짝에 고름 찰 때까지……."

나는 그렇게 중얼거리며 교무실을 나왔다.

"니, 증말 대학 갈 끼가?"

"간다. 내가 간다, 대학~"

"미친……."

"아, 그리고 앞으로 학교에서 담배 꼬나무는 새끼들 다 뒤진다고 해라."

내가 이 학교의 통이라면 내 말이 법일 것이다.

"와 그라노?"

깡다구로 산다

조명득은 마른하늘에 날벼락이냐는 눈빛으로 내게 물었다.
"피우는 꼴을 보면 내가 피우고 싶잖아. 시간이 없다, 시간이. 그리고 이거!"
"뭔데?"
조명득이 내가 내민 쪽지를 봤다.
"조용히 모시고 와라."
"조질 애들이가?"
"내 쌤들!"
나는 조명득을 보며 씩 웃었다.

조명득에 의해 쉬는 시간에 끌려온 아이들은 잔뜩 주눅이 든 표정을 짓고 있었다.
"똥철아~ 다 데리고 왔다."
조명득이 의기양양하게 내게 말했다.
그런데 쌤이 건넨 쪽지에 오득현도 있었다.
"사오라는 건?"
"내가 니 씨다바리가?"
조명득이 애들도 있는데 왜 이러냐는 투로 내게 말했다.
"안 사왔어?"
"…사왔다."
조명득에게 부탁한 것은 연습장 열 권이다. 쌤이 준 쪽지에 적혀 있는 애들의 수도 열 명이다.
"이거 받아."
나는 각 과목 1등인 범생이들한테 연습장을 내밀었다.

"뭐, 뭔데?"

녀석들 중에 한 녀석이 눈치를 보며 내게 물었다.

"내가 그동안 너희들한테 잘못한 것 엄청 많은 것 안다."

내 말에 범생들은 더 긴장한 표정이 됐다. 마치 저게 저녁에 뭘 잘못 먹었냐는 눈빛이다. 그리고 내가 야자 시간에 남아 있는 것도 이해가 안 된다는 그런 눈빛이다.

"그런데?"

머리에 붕대를 감은 오득현이 내게 물었다.

"내가 공부를 좀 하려고 하는데 기본이 없네. 시험에 나올 문제 천 개씩만 찍어주라."

"천, 천 개?"

오득현이 놀라 물었다.

"잘 들으라! 꼭 시험에 나와야 한다. 안 나오면 지기뿐다!"

조명득이 나섰고, 애들이 다시 겁을 먹었다.

"명득아!"

"응."

"친구끼리 그러지 말자."

"어? 으, 으엉."

내 반응에 조명득은 다시 놀란 표정을 지었다. 그리고 아이들도 마찬가지로 놀란 표정이 됐다.

"우리 친구잖아. 좀 도와줘."

나는 바로 모인 아이들한테 머리를 숙였다.

"왜, 왜 이래?"

오득현이 놀라 내게 물었다.

"내가 무릎이라도 꿇을까? 그럼 도와줄래?"

나는 바로 무릎을 꿇었고, 아이들은 더 겁을 먹었다.

"부탁이다."

"…시험에 나올 문제만 적어주면 되지?"

"그래. 공부하면서 시험에 나올 문제만 적어주면 나도 따라 공부할게."

"일어나. 알았어. 공부하는 김에 적어줄게. 그 대신에."

"말해."

"다신 우리 괴롭히지 마."

"그런 일 없을 거다."

"야, 뭐 하노?"

그때 쌤이 교실에 모여 있는 우리를 보고 다가왔다.

"공부요."

"해라, 공부! 똥철이!"

역시 경상도 사람이라 발음이 강하다.

"예, 쌤!"

"받으라!"

"이거 뭡니까?"

쌤이 내게 완장을 줬다.

"선도부 완장!"

"예?"

"니는 이제 내 꼬봉인 기다. 하하하!"

역시 받는 것이 있으면 주는 것도 있다.

"…제가요?"

"와? 싫나?"

"아닙니다. 쌤이 하라면 궁둥짝에 고름 찰 때까지 합니다."

내 말에 쌤이 피식 웃었다.

"어디 보자. 개가 사람이 될 수 있는지. 가서 공부해라. 말했재? 지금 공부하면 나중에 마누라 쌍판이 달라진다고."

이 순간 그저 아이들은 입만 쩍 벌어졌다. 그리고 나는 쌤 때문에 양아치가 선도부 부장이 됐다.

"참, 선도부 하려면 아침 여섯 시까지 핵교 와야 칸다."

"예, 쌤!"

제2장
법의 맹점

야자 시간에 쌤이 말한 선배들의 선물이 들어 있다는 박스를 열어봤다.

"…노트네."

선배들의 선물은 필기 노트, 일명 족보라고 불리는 것이다.

한마디로 시험에 나온 문제들이 일목요연하게 정리된 것이다.

하지만 아무리 들여다봐도 검은 것은 글자고, 흰 것은 종이라는 것만 알 뿐이었다.

"…뭐가 뭔지 모르겠네."

손에 처음 잡힌 것이 수학 공식 요약 노트였다.

하지만 익숙한 숫자가 아니라 듣도 보도 못한 이상한 외계 문자들이 나열되어 있었다.

"…미분은 뭐고 적분은 또 뭐고? 미치겠네."

이래서 공부는 아무나 하는 것이 아닌가 보다.

"우선… 패스!"

비 맞은 중처럼 나도 모르게 중얼거리고 있고, 책상 자체를 옮긴 조명득은 이미 꿈나라로 가셨다. 저놈이나 나나 정말 공부하고는 담을 쌓고 산 모양이다.

"외워서 되는 것부터 하자."

나는 종이 박스에서 다른 노트들을 뒤적였다.

"언어 능력?"

그래도 이건 한글이라 읽을 수는 있을 것 같다.

"나랏말… 이거 어떻게 읽는 거야?"

짜증이 확 밀려왔다.

그때 내 앞에 있던 녀석이 고개를 돌렸다.

"이건……."

"아니?"

순간 찰나지만 녀석은 한심하다는 눈빛으로 나를 봤다. 하지만 그것도 잠시, 괜히 나한테 맞을지도 모른다는 생각에 표정이 굳어졌다.

"내가 한심하지?"

"아, 아니다."

"그런데 이거 어떻게 읽는 거야?"

내 개인 쌤이 있으니 모르는 것이 있다면 물어보는 것이 최고의 방법이다.

"이게 그러니까… 나랏말싸미 뒹국에 달아라는 것은 나라의 말이 중국과 다르다는 기다. 한국어랑 중국어랑 다르제? 그걸 말하는 기라."

"아~ 그렇구나."

나는 녀석의 설명을 듣고 노트를 다시 봤다.

그리고 내가 읽으려고 한 것 아래에 형광펜으로 밑줄이 그어져 있는 것을 발견했다.

훈민정음 서문! 무조건 두 문제는 나온다. 외워./글서/

한마디로 완벽한 족보였다.

"나랏말싸미 듕귁에 달아 문자와로 서르 사맛디 아니할세 이런 전차로 어린 백성이 니르고저 할 배이서도 마참내 제 뜨들 시러펴디 못할 노미 하니다. 내 이를 위하야 어엿비 너겨 새로 스믈여듧 자랄 맹가노니 사람마다 해여 수비니겨 날로 쑤매 편한케 하고저 할 따라미니라."

녀석이 알려준 그대로 읽기는 했는데 도저히 그 뜻을 모르겠다. 그리고 이 긴 문장을 고딩들이 외운다는 것이 놀랍기만 하다. 하지만 저 녀석들이 외우는 것은 나도 외울 수 있다는 것이다.

똑같은 밥 먹고 나라고 못할 것이 없다.

"나랏말싸미……."

한 시간 동안 거의 100번은 더 읽은 것 같다. 그리고 또 100번은 더 쓴 것 같다.

딩동댕~

법의 맹점

종이 울렸다. 야자가 끝난 것이다.
"벌써 열 시네……."
시간 가는 줄 모르고 외운 것이다.
가슴에서 뭔가 나도 모르게 뿌듯함이 느껴졌다.
"씨바랄~ 나랏말싸미 이렇게 다르네. 쩝!"
하여튼 공부라는 것에 이렇게 집중해 본 적이 없다.
드르렁~ 커어어어~!

종이 울렸는데 조명득은 아직도 꿈나라 여행 중이었다. 조명득은 자율학습을 시작하자마자 연습장에 뭔가 알아먹지 못할 것들을 쓰면서 킥킥거리다가 잠이 들었다.
"명득아."
나는 명득이를 툭툭 쳐서 깨웠다.
"으응!"
베개처럼 베고 잔 책이 놈의 침 때문에 흥건하게 젖었다. 아무리 봐도 조명득은 체질적으로 공부는 안 될 놈인 것 같다.
"끝났다. 가자!"
"…딱 좋았는데, 쩝!"
"뭐가?"
"마여고 가스나를 딱 벗기려는 참이었는데……."
꿈에서 지랄을 한 모양이다.
"벗겨?"
듣고 보니 어이가 없다. 물론 쇠도 씹어 먹을 나이이니 저런 꿈을 꾸는 것도 당연하다.
"좋다 말았다. 공부는 잘되나?"

"미치겠다. 공부가 세상에서 제일 어려운 것 같다."

가끔 TV를 보면 '공부가 제일 쉬웠어요'라고 말하는 것들이 있다.

죽통을 날려 버려야 한다.

그리고 또 하나, 교과서 위주로 공부했습니다, 하는 것들도 죽여 버리고 싶은 충동이 끓어올랐다.

"똥철아~"

조명득이 쌤을 흉내 내듯 강하게 내 이름을 불렀다.

"왜?"

"송충이는 솔잎을 먹고살아야 하고, 우리는 담배를 빨아야 한다."

"학교에서 피우면 뒤진다."

"왜에에에~"

"내가 이제 선도부 부장이잖아."

내 말에 조명득이 어이가 없다는 표정을 지어 보였다.

"완장이 사람을 변하게 하네."

맞는 말이다.

완장이 사람을 변하게 한다.

직책이 능력을 만드는 것이고 자리가 사람을 만든다.

"그런데 명득아!"

"와?"

"아까 연습장에 끄적거린 거 뭐냐?"

내 물음에 조명득이 나를 봤다.

"봤나?"

법의 맹점 51

"뭔데? 보기는 했는데 뭔지 모르겠다."

내 말에 조명득이 피식 웃었다.

"코드."

"뭐?"

"내가 요즘 컴퓨터 놀이에 푹 빠져 있다."

"너, 게임하냐?"

내 물음에 조명득이 어이가 없다는 표정을 지어 보였다.

"눈뜬 봉사네. 그런 것이 있다. 니는 몰라도 된다. 재미 삼아 하는 기라."

왕무시다. 뭐 그렇다고 해서 화를 낼 것도 없다.

"하여튼 가자. 야자 끝났다."

그렇게 조명득과 나는 야자를 끝내고 밖으로 나왔다.

"쟤들 어디 가냐?"

봉고차를 타고 가는 애들을 보며 조명득에게 물었다.

"학원."

"또?"

새삼 놀랍다. 이 늦은 밤에 학원을 간다는 것이 놀랍기만 하다. 역시 죽어라 공부만 하는 것들은 달라도 뭔가 확실하게 달랐다.

"저것들은 좋은 대학 갈라고 지랄을 하는 기다. 꿈도 없고 낭만도 없고."

조명득의 말이 아예 틀린 말은 아닐 것이다.

"불쌍해 보이나?"

"그렇지. 불쌍하지. 저것들은 학창 시절에 대한 추억이 없어.

그런데 우리도 계속 이대로 양아치로 살면 미래가 없다."

"뭐?"

조명득이 나를 빤히 봤다.

"너한테 백 번 말해봐야 알아묵나?"

그때 아이들이 학원에서 우르르 나왔다.

"야, 담배 하나 주라."

최소한 학교에서는 안 피운다고 했다.

그리고 지금은 학교 밖이다. 참고 있던 담배 생각이 간절했다.

"여기."

불을 붙이고 바로 쭉 빨았다.

"너, 돈 좀 있냐?"

"왜?"

"쌤이 그동안 삥 뜯은 거 다 토하지 않으면 경찰에 신고한단다."

내 말에 조명득의 표정이 굳었다.

"엄청 많은데……."

"그렇지."

"그래서 너는 뭐라고 했는데?"

"다 토하겠다고 했다. 노가다를 해서라도 졸업하기 전까지 다 돌려주기로 했다. 휴우~"

개과천선을 하려니 담배 맛이 쓰다.

"지금까지 삥 뜯은 거 합하면 1,000만 원이 넘는다."

"쩝! 그러게. 휴우~"

다시 한 번 담배 연기를 길게 뿜어냈다.

"그냥 우리 튈까?"

가출을 말하는 조명득이다.

"그러고 나면?"

"어떻게든 되겠재."

"아니, 아무것도 안 된다."

"왜 갑자기 꼰대처럼 그래?"

"…그러게."

회귀를 했다고 하면 미쳤다고 할 것이다. 그러니 할 말이 없다.

"노가다라도 해야지."

"공부한다며?"

"공부도 하고."

그때 하교 지도를 위해 쌤이 정문으로 나오시다가 나를 봤다.

"똥철이!"

나는 바로 담뱃불을 끄고 쌤에게 뛰어갔다. 정말 내가 쌤의 꼬봉이 된 것 같다.

"예, 쌤!"

"공부 좀 했나?"

"나랏말싸미로……."

훈민정음 서문을 쌤 앞에서 외워 보였다.

"시험에 꼭 나온다고 해서 이거 하나 겨우 외웠습니다."

내 말에 쌤이 미소를 보였다.

"담배는 안 끊나?"

"…기호식품입니다."

"내일 몇 시라고?"
"6시까지 오겠습니다."
"앞으로는 니가 선도부 부장이대이."
"예, 쌤!"
나는 꾸벅 90도로 허리를 숙여 인사했다.
"1년 동안 너 때문에 재미있겠다. 고마 가라!"
"예, 쌤!"
"조명득이!"
그때 쌤이 조명득을 불렀다.
"예, 쌤!"
조명득이 살짝 떨떠름하다는 표정으로 쌤에게 걸어왔다.
"니, 내일부터 야자 시간에 코 골고 자면 뒤진대이."
"책만 보면 수면제인데예?"
"만화책 가지고 와서 보든가, 토끼라."
눈높이 교육을 실천하는 쌤이다.
"그래도 됩니꺼?"
"니만 된다. 알았재?"
"예, 쌤!"
조명득도 꾸벅 쌤에게 인사를 했다.

쌤은 나뿐만 아니라 조명득까지 목표로 잡은 것 같다. 의자에 앉아 있는 버릇부터 만들려고 하시는 것 같다.

우리가 정말 사람이 되면 진짜 은인은 쌤이다.

*　　　　*　　　　*

학교에서 집까지의 거리는 걸어서 20분이다. 내 기억이 그대로라면 말이다.

우리 집은 그냥 평범한 집이다. 단지 내가 공부를 안 하고 쌈질만 하고 다녀서 시끄러울 뿐이다.

집으로 가려면 고개를 하나 넘어야 한다.

음침한 곳이지만 무서울 것은 별로 없다. 그리고 다른 학생들도 제법 많이 걸어 다닌다.

"내가 니 때문에 무슨 팔자로 야자를 다 하노?"

"싫으면 토끼라고 하시잖아."

"니가 바늘이면 나는 실이재. 같이 죽고, 같이 산다."

"그럼 너도 대학 가겠네."

나는 그냥 피식 웃어버렸다.

"담배 하나만 도."

쌤한테는 끊겠다고 했지만 이게 쉽게 끊을 수 있는 것이 아니다.

"여기."

조명득이 내게 디스를 건넸다.

"느그 아부지 아직 술 피시나?"

조명득이 뜬금없이 내게 물었다. 그것도 우리 아버지에 대해.

"몰라."

기억이 가물가물하다.

"니네 아부지 술 피신다."

"우리 아버지 알아?"

내 물음에 조명득이 피식 웃었다.

'괜히 물었다.'

모든 기억이 가물가물하다. 우리 아버지가 담배를 어떤 것을 피우는지, 그리고 조명득이 우리 아버지를 아는지 기억에 없다.

"꺄아악!"

조명득에게 어떻게 얼버무려야 할지 고민하던 그때, 여자의 비명이 들렸다.

"이기 무꼬?"

조명득이 두리번거렸다.

밤 11시가 다 되어가는데 이런 으슥한 곳에서 비명 소리가 들린다는 것은 안 봐도 비디오다.

"누가 또 가시나 자빠뜨렸나보다. 여기 좀 그렇잖아. 으슥한 것이."

"뭐?"

"생 비디오다. 보자."

조명득의 눈동자는 반짝였다. 이 나이에는 포르노 비디오도 찾아볼 나이이니 조명득의 입장에서는 호기심이 충만해지는 것은 당연했다.

"그건 아니지."

내가 아무리 양아치로 커서 조폭으로 살았다고 해도 아닌 것은 아니었다. 나는 비록 조폭으로 살았어도 사창가 포주의 뒤는 안 봐줬고, 마약 관련 범죄에는 손댄 적이 없다.

"어디야?"

"와?"

내 눈에 불똥이 튀는 것을 봤는지 조명득이 불안하다는 듯 되물었다.

"저쪽이기는 한데……"

나도 들었다.

다다다! 다닥!

나는 바로 여자의 비명이 들리는 곳으로 뛰었다.

그리고 안 봐도 비디오인 그 장면이 펼쳐지기 직전이다.

"야!"

나는 버럭 소리를 질렀고, 그 순간 우리 학교 여학생 하나를 덮치려던 세 놈이 나를 꼬나봤다.

'고삐리는 아니다.'

그렇다고 해서 건달이나 양아치도 아닌 것 같다.

"넌 뭐야?"

놈들이 놀라면서도 내게 버럭 소리를 질렀다.

"야!"

나는 다시 한 번 버럭 소리를 질렀다.

"이게 미쳤나?"

"사, 살려주세요!"

여학생이 내게 살려달라고 소리를 질렀다.

"비키라!"

흥분했는지 무심코 나도 모르게 사투리가 튀어나왔다.

"똥철아, 3 대 2네."

조명득이 뛰어와 내게 말했다.

조명득까지 나타나자 이제야 살짝 놈들이 긴장했다.

"이 똥개처럼 발정난 개새끼들아! 너희들, 다 죽었어!"

나는 바로 여자에게 덤벼들던 놈들에게 달려들었다. 그리고 당황하는 놈의 면상을 주먹으로 까고 뒤에 있던 놈을 발로 차서 쓰러뜨린 다음 도망치려는 놈의 다리를 걸어서 쓰러뜨렸다. 그리고 바로 일어서려는 놈의 머리를 축구공이라도 되는 듯 사커킥을 날렸다.

퍽! 퍼퍼퍽!

내가 한 행동이지만 내가 생각해도 전광석화와 같은 공격이었다. 일 대 다수의 싸움에서 선방이 최고이고, 기선 제압이 우선이다. 고기도 먹어본 놈이 잘 먹는다고 쌈질도 해본 놈이 잘한다.

"너희들, 오늘 병풍 뒤에서 향 맡을 준비나 해라."

퍽퍽!

나는 쓰러진 놈을 다시 까고 코뼈가 나갔는지 코를 잡고 비틀거리는 놈의 명치를 다시 깠다.

"헉!"

명치를 맞으면 숨을 쉴 수가 없다.

퍽퍽!

찍고, 때리고, 까고, 연속적인 응징이 이어졌다.

"끄아아악!"

비명이 난무했다.

"살, 살려줘!"

"닥쳐라! 이 껍질을 벗겨도 시원치 않을 개새끼들아! 너희들, 옛날 같으면 바로 사시미로 담갔어!"

법의 맹점 59

미래의 나였으면 그랬을 거라고 말할 수는 없었다.

정말 칼만 가지고 있어도 본능적으로, 아니, 습관적으로 아킬레스건을 끊었을 것이다.

퍽퍽!

그렇게 몇 분 동안 모진 구타가 이어졌다.

"으으윽!"

웨에에에엥!

그때 요란한 사이렌이 울렸고, 운이 좋았는지 나빴는지 알 수는 없지만 경찰이 급하게 달려왔다.

"너희들 뭐야?"

달려온 경찰들은 쓰러져 있는 놈들을 보고 씩씩거리는 나를 본 후 치마가 반쯤 벗겨진 여학생을 보고 기겁했다.

"살, 살려주세요!"

그런데 내게 죽도록 맞던 놈들이 경찰이 나타나자마자 경찰에게 기어가 살려달라고 애원했다. 저것들은 나한테 맞을 때 죽을지도 모른다는 생각을 했을 것이다.

거의 죽을 만큼 두들겨 놨으니 말이다.

"살려주세요! 제발 살려주세요!"

"뭐야, 이거?"

경찰은 숨을 몰아쉬고 있는 나를 노려봤다.

"니들, 꼼짝 말고 그대로 있어!"

경찰이 버럭 소리를 질렀다.

"아니, 우리가 아니라 쟤들이에요!"

그때 조명득이 경찰에게 고자질을 하려고 나섰다.

"너도 가만히 있어."

퍽!

경찰이 그대로 조명득의 뒤통수를 깠다. 그리고 내 손목에 수갑이 채워졌다.

"우린 죄 없어요!"

조명득이 당황한 듯 소리를 질렀다.

"죄가 있고 없고는 서에 가서 따지고, 너희들, 학생이가?"

"예."

나는 짧게 대답했다. 그리고 경찰 한 명이 여학생을 부축해 일으켰다.

"학생, 서에 가서 진술할 수 있나?"

하지만 여학생은 겁을 먹어 대답할 여력이 없는 것 같았다.

'괜히 덤터기를 쓰나? 설마 여기서부터 인생이 꼬이는 건 아니겠지.'

살짝 불안해져서 나도 모르게 피떡으로 만든 세 놈을 봤다. 각각 몇 주씩은 나올 것 같다.

"우린 죄 없다고요!"

수갑을 찬 조명득이 소리를 질렀다.

이 순간 믿을 구석은 쟤뿐이라는 생각이 번뜩 들었다.

'강간은 아직 친고죄일 건데……'

여학생이 신고를 안 한다면 오히려 내가 폭행범이 되어 독박을 뒤집어쓸 수도 있는 상황이다.

'최은희!'

여학생의 교복에 붙어 있는 명찰을 보고 이름을 외웠다. 쟤의

증언에 따라 모든 것이 달라질 것이다. 더 정확하게 말해 최은희가 신고를 하느냐 마느냐에 따라 달라진다.

'어? 그러고 보니……'

이제야 떠올랐다.

우리 학교 퀸카!

최은희!

마산 3대 얼짱 중 하나로 불리던 아이였다.

*　　　　*　　　　*

경찰서.

"박똥철이이이!!"

경찰서 문을 박차고 쌤이 들어서면서 내 이름을 아주 크게 불렀다.

군사부일체라는 말이 왜 생겼는지 알 것 같다. 그리고 사 자가 부 자보다 왜 앞에 있는지도 알 것 같았다.

강간을 당할 뻔한 최은희의 부모보다, 수갑을 차고 폭행범으로 몰릴지도 모르는 아들을 둔 우리 아버지보다 쌤이 더 빨리 달려왔다.

그것도 땀을 뻘뻘 흘리면서.

"쌤!"

나는 벌떡 일어나 쌤에게 꾸벅 인사를 했다. 이 상황에서 나를 구해줄 사람은 쌤밖에 없었다.

"마! 니는 하루 만에 사고 쳤나?"

쌤이 버럭 소리를 지르며 달려와 내 머리를 후려갈겼다.

퍼억!

소리는 크지만 쇼라는 생각이 들었다.

"아닙니다. 선도부 부장이 왜 사고를 칩니까?"

내 대답에 쌤이 내 눈을 뚫어지게 봤다.

"정말이재?"

"쌤, 제가 쌤한테 제 꿈을 말씀드렸습니다."

"그러지. 너는 우리 학교 최고 모범생이지."

졸지에 쌤의 구라에 나는 모범생이 됐다. 들킬 염려는 없었다. 나는 아직 전과가 없으니 말이다. 그리고 쌤은 내 눈빛을 믿기로 한 모양이다.

"박동철 군의 담임이십니까?"

경찰이 쌤에게 물었다.

"학생주임입니다. 어떻게 된 겁니까?"

"상황이……."

경찰은 내가 모범생이라는 말을 적극 믿었는지 내게 유리하게 쌤에게 말해줬다. 그리고 내가 걱정하는 것까지 쌤에게 설명해 줬다.

역시 이런 곳에는 모범생이 잘 먹힌다.

"그럴 수도 있겠네요."

그리고 쌤은 무슨 죄라도 지은 것처럼 고개를 푹 숙이고 있는 최은희를 봤다. 그때 최은희의 부모가 급하게 경찰서로 왔고, 한참 후에 아버지가 놀란 표정으로 경찰서로 왔다. 하지만 그때까지 조명득의 부모는 오지 않았다. 아니, 전화를 하는 척만 한 것 같다.
이상하게.

"강간이랑 강간 미수는 친고죄라는 것 아시죠?"
강간이라는 말에 최은희의 부모는 화들짝 놀라 기겁한 표정을 지어 보였다.
"신고 안 합니다. 없던 일로 하겠습니다."
강간을 당하면 강간을 한 남자보다 여자가 더 죄인 같은 분위기로 흐르는 곳이 대한민국이다.
"가자! 우리 이제 가도 되죠?"
최은희의 아버지가 급하게 최은희의 손을 잡아끌었다.
"은희 아버님!"
그때 쌤이 나섰다.
"누구십니까?"
"학생주임입니다."
학생주임이라는 말에 최은희 아버지의 표정이 굳어졌다. 혹시라도 학교에 소문이 나면 큰일이라는 눈빛처럼 보였다.
"잠시 저와 이야기 좀 하시죠."
놀라운 것은 이 순간 쌤이 사투리를 안 쓰셨다.
"…쌤이 사투리를 안 쓰신다."
상황 파악이 안 되는 듯 조명득은 지금 놓여 있는 이 상황보다 그게 더 신기한 모양이다.
"…예."
최은희의 아버지가 마지못해 쌤과 밖으로 나갔고, 나는 만약을 대비해서 놈들이 적어놓은 신상명세서를 힐끗 보고 외웠다.

'일이 꼬이면 나중에라도 죽여 버린다.'

사람처럼 살려고 하는데 세상이, 그리고 법의 맹점이 나를 막는다면 원래 살던 그대로 답습하듯 살 수밖에 없다.

'다 외웠다, 개새끼들!'

나는 신고를 안 한다는 말에 전보다 더 편해진 놈들을 노려봤다.

"박동철이!"

"예!"

"너도 가서 앉아 있어!"

"예."

경찰서에서도 학생이 할 수 있는 대답은 '예'뿐이다.

나는 바로 자리에서 일어나 조명득이 앉아 있는 자리가 아니라 만신창이가 된 놈들이 앉아 있는 곳으로 갔다.

"박동철이!"

경찰이 나를 불렀지만 무슨 생각이 들었는지 고개를 돌렸다. 내게 기회를 주는 것이 분명했다.

이렇게 경찰도 나를 대하는 태도가 달라졌다. 내가 모범생이라는 말에 모든 것이 달라진 것이다.

"최영만!"

나는 나직이 세 놈 중에 한 놈을 불렀다.

"창원시 사파정동 토월 성원아파트 104동 1505호. 다 외웠다."

놈들에게 속삭이듯 말했다.

"뭐?"

"똑바로 생각하라고."

순간 놈들의 표정이 굳었다. 이미 내 실력은 증명이 됐다.

"개소리 씨불이면 나중에라도 사지를 끊어버린다."

경찰이 들을 수 없을 정도로 나는 놈들을 협박했다.

"너, 너, 지금 우리 협박하는 거야? 어린놈의 새끼가……!"

내게 욕을 하려던 최영만에게 살기를 담아 노려봤다.

과거, 깡으로 살던 조폭의 기운 그대로.

내가 저놈을 오늘 사시미로 멱을 딴다는 마음을 품고 노려보자 내 눈빛에 최영만이 온몸을 부르르 떨었다.

"지금 내가 한 협박이 현실이 되면 그땐 내 손에 죽는다. 다른 놈들도 마찬가지다."

놈들의 눈동자가 파르르 떨린다.

"잘 생각해. 서로의 기억에서 지우면 아무 일도 없다."

아무리 봐도 최은희의 아버지는 딸을 걱정해서 신고를 안 할 것 같다. 이해가 된다. 딸을 가진 부모는 다 저렇다.

"뭐?"

그때 제일 늦게 망할 것들의 부모들이 경찰서로 뛰어들어 왔고, 자기 아들들이 만신창이가 된 것을 보고 가만히 앉아 있는 조명득에게 달려가 멱살을 잡고 바로 주먹을 날렸다.

그것이 마치 내 눈에는 조명득이 그 주먹을 피하지 않고 도리어 주먹을 눈으로 들이받는 것처럼 보였다.

"이런 호로 쌍놈의 새끼가 우리 귀한 아들을!"

내가 저 자리에 앉아 있었으면 내가 당했을 것이다.

"지금 뭐 하시는 겁니까!"

경찰이 버럭 소리를 질렀다.

"민중의 지팡이가 왜 선량한 시민한테 소리를 지릅니까? 내가 가만히 있게 됐습니까? 내 아들이 저렇게 엉망진창으로 맞았는데! 이 새끼가 가해자잖아!"

놈들의 부모는 사타구니를 함부로 놀리는 놈들의 부모답게 목소리 큰 놈이 이긴다는 생각을 가진 것 같다.

"무슨 소립니까? 피의자는 저것들이라고요! 우선은!"

경찰이 인상을 찡그리며 말했고, 나는 우선이라는 말에 주목했다.

강간과 강간 미수는 아직은 친고죄이다.

그리고 아버지가 경찰서로 들어오셨다.

명득이 부모님 빼고 올 사람들은 다 왔다.

"동철아!"

아버지는 놀란 표정이 역력했다. 내가 양아치 짓을 하고 다니는 것은 알고 계셨지만, 이렇게 경찰서로 불려온 것은 처음이다.

"무슨 일이냐?"

"아무 일도 아니에요. 가만히 계시면 돼요."

이 순간 아버지가 내 행실에 대해 몇 마디라도 하시면 쌤의 구라가 들통이 날 것이다. 그때 문을 열고 쌤과 최은희의 아버지가 경찰서로 들어왔다.

'안 되신 모양이네.'

쌤의 표정이 어둡다.

'할 수 없지.'

인생 개과천선 한번 해보려고 했는데 안 되는 것은 안 되는 모양이다.

"학생!"

최은희의 아버지가 나를 불렀다.

"예."

나는 벌떡 일어났다.

"학생 꿈이 검사라고?"

최은희의 아버지가 나만 들을 수 있게 작은 목소리로 말했다.

"예."

"검사 될 사람이 억울한 일 당하면 안 되지."

선생님의 설득이 먹힌 것 같다.

군사부일체!

임금과 사부와 부모는 하나다.

그것이 내게 진리가 되는 순간이다. 그렇게 나와 최은희의 아버지와 이야기를 할 때 경찰은 상황 설명을 놈들의 부모들에게 해줬고, 놈들의 부모들은 똥을 씹은 표정으로 변했다.

"그까짓 것, 합의 보면 되잖소!"

하지만 여전히 강간하려던 아들을 둔 부모들 목소리가 더 컸다.

"합의를 봅시다. 돈 싫어하는 사람 없잖소? 껌 값 물었다고 생각하면 되지."

"그럽시다. 변호사가 계셔서 시원시원하네."

저것들이 부모란다. 저것들은 사람이 아니다. 문제는 피의자 부모 중에 변호사가 있었다.

그 말은 법의 맹점을 누구보다 잘 안다는 것이다.

'이 세상은 썩었다!'

세상을 다르게 보려고 하니 썩은 것만 보였다. 그리고 저것들의 대표라도 되는 듯 잘 차려입은 남자 하나가 최은희의 아버지에게 다가왔다. 아무래도 변호사인 것 같다.

"합의 봅시다."

미안하다는 말도 없이 다짜고짜 합의를 보자고 말했고, 가만히 듣고 있던 경찰들 표정이 찡그려졌다.

"…지금 뭐라고 했소?"

최은희 부친의 눈에 살기가 감돌았다. 그리고 결심이라도 한 것 같은 눈빛으로 나를 한 번 보고 다시 중년의 남자를 노려봤다.

"이런 일에 소문나서 좋을 것 없잖습니까."

"이보세요!"

나도 모르게 소리를 질렀다.

"무릎을 꿇고 사죄부터 해야 하는 거 아닙니까?"

"너는 가만히 있어! 합의 보고 나서 따로 처리해 줄 테니까."

마치 법의 심판자라도 되는 듯 말한다. 아마 폭행에 대해서 말하는 것 같다.

변호사답게 법의 맹점을 아는 것이다.

"이러나저러나 너는 폭행이고 상해다."

"뭐라고요?"

나 역시 매섭게 내게 말한 중년의 남자를 노려봤다.

"이건 제 명함입니다. 최우철이라고 합니다."

중년의 남자가 최은희의 부친에게 자신의 명함을 건넸다.

"제가 변호사다 보니 법을 좀 압니다. 신고를 하셔도 강간미수밖에는 안 됩니다. 그리고 거칠게 저항한 흔적도 없네요."

최우철이 힐끗 고개를 숙이고 있는 최은희를 봤다가 다시 최은희 아버지를 봤다.

"그런 법이라는 것이 뒤집어질 때도 많습니다."

당당한 것은 최영만의 부친인 최우철이 변호사이기 때문이다.

'법은 죽었다.'

가진 것들이 법을 죽였다.

아는 것들이 법을 무시하고 있다.

'법으로 안 된다면……'

남은 것은 주먹뿐이다.

역시 세상은 법보다 주먹이라는 생각이 들었다.

"그러니 서로 좋게 합의를 봅시다."

"좋습니다. 합의를 봅시다."

최은희의 부친이 합의를 보겠다고 말했다.

"합의 조건이 뭡니까?"

"오늘 일, 어떠한 경우에도 문제를 만들지 않겠다면 합의를 보겠습니다."

"어떠한 경우에도?"

최우철이 나를 봤다.

"그렇소."

몰라보게 당당해지셨다.

'쌤이 무슨 구라를 치신 거야?'

나도 모르게 쌤을 봤다.

"돈은 필요 없습니까?"

"없소."

"우린 합의를 보면 저 깡패 새끼를 고소할 겁니다."

"그렇게 안 하는 조건으로 합의하겠다면 하겠소."

"…왜?"

최우철이 황당한 표정을 지어 보였다.

"사위 될 아이의 인생에 빨간 줄 가게 할 수는 없잖소."

나도 모르게 순간 멍해졌다. 그리고 이 자리를 어떻게든 벗어나고 싶다는 눈빛이던 최은희도 다시 멍한 표정을 지었다.

"뭐요?"

"아님 끝장을 봅시다. 그 자리가 CCTV 설치 시범 지역이라고 하던데……."

딱 봐도 저것 역시 구라인 것 같다. 내가 조폭이었을 때 도박 하우스에서 기도를 본 적이 있다. 그래서 구라를 치는 눈은 다르다는 것을 안다.

쌤의 구라에 최은희의 아버지도 물든 것 같다.

"안 그렇습니까?"

"맞습니다."

경찰이 그렇다고 대답했다. 그런데 저 경찰의 대답도 구라 같다. 법이, 가진 자가, 아는 자가 법을 죽이고 기만하고 있다고 생각했던 그때, 모두가 지금 내 편이 되어주고 있었다.

지금까지 이런 일은 없었다.

이 순간 쌤에게 장난삼아 말했던 검사라는 꿈이 확정되었다. 내가 왜 검사가 되어야 하고, 또 죽어라 공부를 해야 하는지 깨

법의 맹점 71

달았다.

법은 죽었어도 정의는 살아 있기 때문이다.

"좋습니다. 합의를 봅시다."

바로 꼬리를 내리는 최우철.

"사과를 할 거면 무릎을 꿇으셔야죠!"

그때 가만히 있던 조명득이 분위기 파악도 못하고 버럭 소리를 질렀다.

"뭐?"

"경찰 아저씨!"

"너는 또 왜?"

일이 잘 끝나 가는데 너는 왜 나서고 지랄이냐는 눈빛으로 경찰이 조명득을 봤다.

"여기 눈 부은 거 보이시죠?"

"그래서?"

"아까 저 아저씨한테 맞은 곳이거든요."

분위기 파악을 못하는 게 아니라 정확히 한 조명득이다.

"…그것도 그러네?"

경찰이 묘한 눈으로 최우철을 봤다.

"너, 고소!"

조명득이 최우철에게 삿대질을 하며 버럭 소리를 지르자 법을 아는 최우철의 표정이 굳었다.

'아는 것이 병이네.'

최우철에게는 아는 것이 병이었다.

"음… 이것은 따로 합의를 보셔야겠네요. 이런 경우에는 아시

다시피 일방적인 폭행이잖습니까."

오늘 합의가 난무한다.

"그, 그게……."

"변호사시니까 저 멍이면 3주 이상 진단서 나오는 것은 다 아실 것이고, 알아서 합의 보세요. 그게 좋을 것 같습니다."

경찰이 능글맞은 표정으로 합의를 종용했다.

"얼마면 합의 볼래?"

목소리가 살짝 작아졌다.

"1,000만 원!"

조명득이 통 크게 부르며 나를 보고 윙크했다.

"뭐?"

"1,000만 원!"

그리고 조명득이 왜 1,000만 원을 불렀는지 뇌리를 강타했다.

확실한 것은 조명득은 천재라는 것이다.

'저거, 천재다.'

        *   *   *

모두가 거의 같은 시간에 경찰서를 나왔고, 조명득은 바득바득 우겨서 현금으로 1,000만 원을 챙겨서 경찰서에서 나왔다.

그리고 최은희와 내 은인이신 최은희의 아버지가 먼저 자가용을 타고 집으로 갔고, 최우철은 여전히 나를 노려보고 있다.

"저기요."

나는 천천히 최우철에게 다가가 머리를 숙였다.

법의 맹점 73

"왜?"
"제가 좀 심했던 것 같습니다."
내가 숙이고 들어가자 최우철이 묘한 표정이 됐다.
"그래서?"
"저 형들한테 사과라도 해야 할 것 같아서요."
내 말에 쌤과 아버지가 나를 묘한 눈으로 봤다.
"해!"
"죄송합니다."
"됐다, 이 깡패 새끼야!"
"죄송합니다. 형들이랑 이야기 좀 하겠습니다."
나는 최형만을 봤다. 그리고 눈빛으로 따라오지 않으면 나중에 죽여 버리겠다는 살기를 담아 노려보자 이미 내게 협박을 당해본 최형만과 나머지들이 마지못해 따라왔다.
"죄송합니다! 잘못했습니다!"
나는 우선 큰 소리로 말했다.
하지만 눈빛은 여전히 놈들을 노려본 채 말했다.
"이번 일 어디 가서 씨불이고 다니면 찾아가서 다 죽여 버린다. 너희들 주소 다 외웠으니 소문만 내봐"
놈들만 들을 수 있게 나직이 으름장을 놨다.
어떻게 되었던 소문이 나면 곤란해지는 것은 최은희다. 대한민국 인심이 다 그렇다는 것을 나는 잘 알고 있었다.
"하하, 뭐해? 웃지 않고. 그래, 내 어깨도 좀 툭툭 치고."
내 말에 최영만을 비롯한 나머지들이 마지못해 웃었다.
"맞아봐서 알지? 내가 모범생이라는 것은 구라다. 내 이름이 박동철이다. 좀 논다는 애들한테 물어보면 내가 누군지 다 알 거야. 어, 안 웃어? 웃으라고, 씨발 새끼야. 그래, 그렇게."

작게 말해도 위협이 된다.

"저, 절대 말 안 할게."

놈들이 바짝 쫄았다. 이렇게 해야 한다. 그래야 최은희에 대해 소문이 나지 않을 것이다.

누가 뭐라고 해도 마산 3대 얼짱이니까.

가만히 두었다간 영웅담처럼 씨불이고 다닐 것이 분명했다. 그러니 사전에 막아야 했다.

"아버지가 변호사라고 해도 법보다 주먹이 더 가깝다. 뒤지게 맞고 나서 그다음이 법이다. 알았어?"

"으응……."

"그리고 혹시 내가 어떻게 나올지 정 궁금하면 씨불여. 사시미라는 것이 있는데, 여기를 찌르면 피가 분수처럼 뿜어져. 그리고 아킬레스건을 자르면 하늘이 두 쪽이 나도 장애인으로 살아야 한다. 절대 못 고친다. 영화에서 봤지? 조폭이 사시미로 찌르고 발목 인대 끊는 거?"

리얼리티를 더해 놈들에게 협박했다.

"절, 절대 말하지 않을게."

"표정 굳어진다. 웃으라고, 씨발 놈아. 내 어깨도 두드리면서 됐다고 해."

최우철과 나머지 부모들, 그리고 쌤과 아버지가 여전히 나를 보고 있다.

"됐다!"

법의 맹점

툭툭!

망할 놈 하나가 내 꼭두각시처럼 내 어깨를 두드리며 크게 말하자 최우철이 어이가 없다는 표정으로 나를 봤다.

"죄송합니다, 형님들. 정말 죄송합니다."

다시 마무리는 죄송하다는 말로 하고 돌아서서 최우철에게 걸어갔다.

"죄송합니다, 아저씨!"

"너… 왜 갑자기 변했나?"

"아저씨가 무서워서요."

내 말에 최우철이 피식 웃었다.

"왜?"

"변호사시잖아요. 법을 잘 알고 계시는……."

주눅이 든 것처럼 말꼬리를 흐렸다.

"꼴통인 줄 알았는데 머리는 돌아가나 보네. 됐다. 가라. 어디가서 허튼소리는 하지 말고."

내가 바라는 바다.

"예, 절대로 말 안 할게요."

나는 최우철에게 대답하고 내가 협박한 세 놈을 봤다.

잔뜩 겁먹은 눈빛이다.

'마무리는 됐네.'

그렇게 일은 잘 마무리가 됐다.

"니, 남자네."

일을 마무리하고 돌아가자 쌤이 나를 칭찬했다.

"감사합니다. 그런데 쌤이 구라를 쳐서 됩니까?"
"내가 신이 내린 구라다. 내 구라에 속아서 서울대 여럿 갔다."
"그래도……."
"니는 한마디로 미래형이다. 미래 진행형. 내가 보기에는 니는 될 것 같다. 떡잎이 좀 누렇지만 될 끼다. 내가 말했재? 궁둥짝에 고름이 날 때까지!"
"예, 공부하겠습니다."
"쌤!"
그때 조명득이 쌤에게 다가왔다.
"니는 천재다."
쌤도 조명득이 천재라고 생각되는 모양이다.
"이거……."
"뭐꼬?"
"동철이랑 제가 애들한테 삥 뜯은 겁니다."
"와 나한테 주노?"
"예?"
"니들이 돌려주라. 그래야 모양새가 살지 않겠나? 하하하!"
"예, 쌤!"
"내 오늘 알았다. 니들은 공부하면 정말 인생이 달라질 끼다."
저것도 구라 같다. 하지만 그 구라에 속아서 나도 서울대 가고 싶다.
"예, 쌤!"
나는 우렁차게 대답했지만 조명득은 똥 씹은 표정을 지어 보였다.

"…저는 공부가 싫은데요."
"니는 더 해라. 니는 천재다."
"천재가 지난겨울에 다 얼어 죽었나 봅니다."
"이게 팍!"
쌤이 손을 들었다.
"합니다, 해요."
"마! 쓰레빠만 있었어도 니는 콱!"
"아이고, 공부한다 안 캅니까."
조명득의 버럭질에 쌤은 그저 웃을 뿐이다.
"하여튼 똥칠이는 좋겠네. 마산 3대 얼짱 아버지 예비 사윗감도 되고."
조명득이 이번에는 나를 보고 이죽거렸다.
"부럽나?"
"억수로 부럽다."
"비밀인 거 알재?"
"안다. 내가 빙다리 핫바지가!"
정말 오늘 법의 맹점을 알게 됐다.
그리고 법의 속성도 알게 됐다.
법은 가진 것들에게 약하고 아는 것들의 무기가 된다.
그것이 선이든 악이든 구분이 없다.

제3장
결자해지

그 사고를 치고 아버지와 아무 말도 없이 집으로 돌아왔다. 아버지의 눈빛은 여전히 나에 대한 불신이 가득했다. 저질러놓은 죄가 있으니 저리 보시는 것은 당연했다.

그러고 보니 우리 집에서 나를 빼면 아주 평범하다는 말로 모든 것이 설명될 것 같다. 평범한 직장을 다니시는 아버지와 전업주부인 엄마, 그리고 누나 한 명.

"엄마는 모른다."

아파트 문 앞에 섰을 때 아버지가 내게 딱 그렇게 말하고 집으로 들어가시려 했다.

"아버지."

아버지를 아버지라고 부르는데 왜 이렇게 서먹한지 모르겠다.

"왜?"

"죄송합니다."

아버지한테 죄송하다고 말한 것이 처음이다.

내 말에 아버지는 고개를 돌리지 않으셨지만 살짝 어깨가 떨렸다. 좀 놀라신 것 같다. 많은 사고를 쳐도 지금까지 단 한 번도 죄송하다는 말을 안 했다. 잘못했다는 말도 안 했다. 그런데 사고를 친 것도 없고 잘한 일이라면 잘한 일인데 죄송하다고 말하니 놀라신 것 같다.

"잘했다. 네 주먹도 쓸모가 있네."

아버지는 그렇게 말하고 방으로 들어가셨고, 나 역시 기억을 더듬어 내 방으로 들어갔다.

아파트의 구조는 방이 세 개다. 딱 봐도 큰방은 부모님 방이고 좌우측 중 하나가 내 방이다.

'확률은 50퍼센트네.'

사실 집에 들어왔는데 내 방이 어딘지 가물가물했다. 아마 오늘 일이 없었다면 나는 집을 찾느라 꽤 헤맸을 것 같다.

회귀를 하니 이런 불편이 있다.

하여튼 집에 오기는 왔다. 하지만 벌써 새벽 2시다.

"잠도 안 오고……."

수많은 생각이 들었다.

내게 왜 이런 일이 일어났는지, 또 왜 전화를 받았을 때 의문의 ARS가 들렸는지, 그리고 그 ARS가 왜 내게 선택을 강요했는지…….

"…답답하다."

하지만 이 답답함 속에서도 내가 앞으로 하기에 따라 인생이 달라진다는 것은 확실했다. 그리고 문득 잔뜩 겁을 먹은 최은희의 얼굴이 떠올랐다.

"명불허전!"

나도 모르게 중얼거렸는데 내가 그 사자성어의 뜻을 안다는 것에 놀랐다. 노트를 뒤적이다가 사자성어를 기록한 노트를 봤다. 잠시 본 것을 떠올렸다는 것이 놀라웠다.

"…내가 돌덩이는 아니네."

1퍼센트의 희망이 더해졌다.

천재는 1퍼센트의 영감과 99퍼센트의 노력으로 만들어진다는 말이 있다. 결국 누가 더 질기냐에 따라 대학을 가고 못 가고가 결정되는 것 같다.

"예쁘기는 하지."

마산 3대 얼짱 중 하나이다.

몸은 피 끓는 10대지만 머리는 엉큼한 40대다. 성장 발육이 남다른 최은희가 떠오르는 순간 묘한 감성이 생겼다.

하지만 왠지 최은희는 학교를 나오지 않을 것 같다. 하지만 찬찬히 기억을 더듬어보니 성질머리가 개차반이라는 것이 떠올랐다. 물론 내 기억을 온전히 다 믿을 수는 없다.

"지금 자면 절대 새벽 다섯 시에 못 일어나지."

벌써 새벽 3시다.

내일 선도부 부장으로서 첫 등교이다.

"지각을 밥 먹듯 했는데… 쩝!"

역시 완장이 사람을 바꾼다.

"자지 말자."

나는 바로 일어나서 책상에 앉았다.

"야~ 정말 한심하네."

책상 위에 먼지가 쌓여 있다. 아마 책상을 사고 한 번도 자리에 앉지 않았을 것 같다. 아니, 내 기억에 이 책상에 앉아서 뭔가를 해본 기억이 없다.

"뭐, 이제부터 하면 되지."

나는 가방에서 노트 한 권을 꺼냈다.

사회탐구 영역을 요약해 놓은 노트이다. 어떤 면에서 이건 애들이 말하는 레어 아이템이다.

"죽어라 외우자."

영수 빼고는 외우면 될 것 같다. 열 번 외워서 안 되면 백 번 외우면 된다. 될 때까지 깡으로 일하던 나. 그 정신으로 공부하면 뭐가 되도 될 것이다.

"아하아아암~"

책을 펴는 순간 잠이 왔다.

이건 꼴통의 본능이다. 그리고 탈도 많은 하루였고.

"지금 자면 지각하겠지……."

잠을 깨는 가장 좋은 방법은 야한 짓을 하거나 몸을 괴롭히는 것이다 하지만 야한 짓을 하면 더 피곤해질 것이다. 그러니 야한 짓은 안 된다.

사실 십 대면 그 짓을 가장 많이 할 나이이기는 하다. 그리고 그 짓을 생각하는 순간 나도 모르게 최은희의 얼굴과 발육이 잘된 가슴이 떠올랐다. 반쯤 찢어진 겉옷 속으로 보인 속살이 떠올랐다. 이런 생각을 하면 개새끼인데, 멈출 수 없는 걸 보니 정말 피 끓는 청춘이 된 모양이다.

"…잡생각은 접고."

나는 바로 내 손으로 내 귀밑머리를 잡고 바로 힘껏 당겼다.

"으윽!"

내가 당겨도 무지 아프다. 그리고 눈물이 쑥 났다.

"그래, 공부하자."

나는 다시 노트를 폈다.

그때 내 방문이 벌컥 열렸다.

"야, 꼴통! 안 자고 뭐해?"

벌컥 문을 열고 들어온 것은 놀랍게도 젊은 여자였다. 그것도 속옷이 거의 다 보이는 나시를 입은 여자다.

'저건……'

누나다.

간호사답지 않게 성질이 급하고 화끈하다.

아마 피는 못 속이는 모양이다.

"누, 누나!"

"왜 말을 더듬어?"

나도 모르게 젊어진 누나를 보고 말을 더듬었고, 누나의 추궁이 시작됐다.

퍽!

누나가 갑자기 내 뒤통수를 후려 깠다.

"너, 뭔 짓 했어?"

묘한 눈으로 본다. 그리고 나도 모르게 누나의 몸을 봤다. 다 큰 동생 앞에서 저렇게 입고, 그것도 새벽 4시에 방문을 여는 것은 민폐다.

"내가 뭘 하기는 뭘 해?"

나도 모르게 버럭 소리를 질렀다.

"너, 그러다가 키 안 큰다?"

어이가 없다. 나는 이미 180㎝가 넘는다. 이 상태에서 더 크면 공부보다 운동을 하는 것이 더 대학 가기 좋을 것이다. 실제로도 고1까지 야구를 했지만 성질 때문에 야구를 그만두고 양아치가 되었지만 말이다.

"뭔 소리를 하는 거야?"

"이 냄새는 도대체 근원지가 어디냐?"

"내, 냄새는 무슨 냄새가 난다고?"

"무슨 냄새가 날까? 밤꽃 냄새라고 들어봤냐?"

"뭐?"

나도 모르게 얼굴이 빨개졌다. 다 큰 남동생에게 저런 말을 막 할 수 있다는 것은 우리가 꽤 친하거나 아니면 누나도 반 또라이라는 것이다.

하지만 이 순간 나는 애써 모른 척해야 한다.

아는 척을 하면 분위기가 더 이상해진다.

"내 방에는 왜 왔어?"

"왜 왔긴!"

누나는 나를 보며 씩 웃었다 그리고 마치 자기 방처럼 내 서랍 맨 아래 칸을 열고 몸을 숙여 팔을 쭉 뻗더니 서랍 안쪽에서 뭔가를 꺼냈다.

이 순간 참 어이가 없지만 내 시선은 누나의 가슴 쪽으로 향했고, 나는 내 시선에 스스로 놀라 고개를 돌렸다. 더 어이가 없는 것은 내 서랍에서 누나가 꺼낸 것은 담배였다.

"좀 빌리자."

결국 누나는 내가 꼬불쳐 놓은 담배 때문에 내 방에 와서 동생에게 삥을 뜯었다.

"누나, 담배 폈어?"

내 물음에 새삼스럽게 그런 걸 물어보냐는 눈빛이다.

"몰라서 묻냐, 이 똘빡아! 그리고 너도 매일 아프다, 아프다 신음하는 환자들 상대해 봐라. 스트레스 안 쌓이는지. 꼴통인 네가 뭐를 알겠냐? 학교가 천국이라는 것을."

누나는 그렇게 넋두리 비슷하게 하고 담배를 갑째 가지고 내 방을 나갔다.

"…나도 알지. 깡으로 버텨야 하는 곳이 사회라는 것을."

나는 그렇게 중얼거리다가 다시 노트에 집중했다. 뭐래도 하나 외우고 가야 한다.

내게 제일 부족한 것은 시간이니까.

*　　　　*　　　　*

다음 날 아침.

눈꺼풀은 천근만근이지만 그 피곤함을 이겨내고 내가 책상에 앉아 공부를 했다는 것이 스스로도 놀랍다.

"헉헉! 사람이 못할 것이 없네."

다다닥! 다다닥!

새벽 5시 20분.

현재 나는 계속해서 뛰고 있다.

집에서 학교까지 걸어가면 20분 걸린다.

이 말은 학교까지 뛰어가면 10분이면 도착한다는 것이다.

"체력은 국력이라고 했지!"

어디서 들었는지 기억은 나지 않지만 공부하는 데 꼭 필요한 것이 체력이라는 말을 들은 적이 있다. 그러니 새벽과 밤을 이용해 조깅으로 몸을 만들 생각이다.

이렇게 신선한 아침 공기를 마셔본 것도 참 오랜만이다. 물론 밤새도록 돌아다니면서 뻘 짓을 하느라 날밤을 간 적은 꽤 있다. 하지만 이렇게 스스로 뿌듯한 날은 없었다.

그리고 나는 집에 들르지도 않고 바로 학교에 도착해서 화장실로 뛰어갔다.

이른 시간인 만큼 아무도 등교를 하지 않았다. 땀에 젖었으니 잠도 깰 겸 화장실에 가 수도꼭지에 호스를 꽂고 샤워를 했다.

벌컥!

"으윽! 야, 이놈의 새끼야! 간 떨어지는 줄 알았잖아!"

좌변기 칸에서 나오시던 쌤이 기겁한 표정으로 버럭 소리를 질렀다.

"쌤, 안녕히 주무셨습니까?"

"새벽 3시까지 그 지랄을 했는데 잘 잤겠냐?"

"쌤은 제 영웅이십니다."

"뭔 지랄이고?"

"잠 좀 깨려고요."

"오~ 완장이 힘이 있기는 하네."

쌤이 시계를 보더니 피식 웃었다.

"고놈, 참 실하네."

"아, 쌤!"

나는 다시 버럭 소리를 질렀고, 쌤은 어린놈이 뭘 알겠냐는 눈빛으로 피식 웃고 벌거벗은 나를 지나쳐 갔다.

하지만 나도 잘 안다. 남자는 낮이고 밤이고 힘이라는 것을. 그리고 그 힘이 탄탄한 히프에서 나온다는 것을. 무슨 일을 하던 하체가 단단해야 일이 술술 풀린다.

무슨 일을 하든 말이다.

찰싹!

"싸나이는 궁둥짝이 생명이대이."

"쌤, 이거 성희롱입니다!"

"하이고~ 지랄을 쌈 싸 무라! 얼른 씻고 나온나."

"예, 쌤!"

사실 선도부 지도는 아침 일곱 시부터이다. 지금은 다섯 시 삼십 분이고, 빨리 나오라는 것을 보니 뭔가를 시킬 것이 있는 것 같다.

         *   *   *

교무실.

"앉아라."

"예, 쌤."

"아침에 공부하면 더 잘된다."

나도 들었다.

"니는 찬물로 샤워를 했는데 왜 졸린 눈이고?"

"늦잠 잘까 봐 안 잤습니다."

"…니 참말로 독하네."

"마음먹은 것은 꼭 합니다."

"그래야재. 내가 구라를 친 값은 해야재. 내가 구라 친 것이 구라가 아니게 만드는 것은 너한테 달렸대이."

"예, 쌤!"

툭!

"이거 읽어봐라."

"뭔데예?"

"눈 없나?"

"있죠?"

"그란데 보고도 모르나?"

"사상과 비평? 이게 뭡니까?"

"책이다, 책!"

쌤이 버럭 내게 소리를 질렀다.

"그런데예?"

"아이고, 이 문디 자슥아! 니, 서울대 간다 안캤나!"

"그런데요?"

나는 말뚱거리며 쌤을 봤다.

"논술 준비 해야재. 니가 지금 이 새벽에 공부한다고 머리에 들어오겠나? 그냥 닥치고 읽으래이."

"예."

나는 오늘 알았다. 서울대는 수능과 내신만으로 가는 곳이 아니라는 것을.

'할 것이 더 늘었네. 젠장!'

읽으라면 닥치고 읽으면 된다. 그렇게 책을 펼쳤다. 정말 책이 이렇게 지겨운 건지 머리털 나고 처음 알았다. 이 재미없는 것을 왜 비싼 돈 주고 사서 읽는지 모르겠다.

하지만 대학을 가려면 읽어야 한다.

스르륵!

딱!

"으윽!"

내가 졸자마자 바로 쌤의 칭호 그대로 안테나가 날아왔다. 구형 TV 수신용 안테나가 저렇게 흉기가 될 수 있다는 것은 맞아 본 사람만 아는 것이다. 그리고 저거, 무척 아프다.

"책에 수면제 발라났나?"

"죄송합니다."

"니는 니 인생의 20분을 날렸대이."

쌤의 말에 인상을 찡그렸다.

정말 잠과의 전쟁이라도 선포해야 할 것 같다.

'방법이 없을까?'

머리털을 뽑는 것은 한계가 있을 것이다. 그리고 쌤은 내게 하루에 세 시간만 자라고 했다.

사람이 하루에 세 시간만 자면 죽을 수도 있다. 사람이니까.

하지만 쌤은 내가 말한 그대로 내 영웅이다. 그러니 까라면 무조건 깔 것이다.

"시간 됐다. 가자!"

"예, 쌤! 그런데 쌤!"

"와?"

"교무실에 인터넷은 되죠?"

"그러니까, 와?"

쌤이 궁금하다는 듯 나를 봤다.

"처벌이나 단속보다 중요한 것은 예방인 것 같습니다."

"예방?"

"예, 쌤!"

"지랄을 한다. 니들 같은 것들한테 예방이 되나?"

"되게 만들어야죠."

"내 책상에 된다."

쌤은 그렇게 말하고 교무실을 나가셨고, 나는 바로 쌤의 책상에 의자를 치우고 쪼그려 앉았다.

"쌤이 앉으시던 자리인데 내가 앉으면 안 되지."

군사부일체다.

그리고 나는 바로 컴퓨터 전원을 눌렀다. 그런데 옆에 뭔가가 힐끗 보였다.

"뭐지?"

놀라운 것은 이번 모의고사 수학 시험지였다.

"이, 이런······."

악마가 나를 시험하는 순간이다. 이 순간 내 마음속에는 두 종자가 서로 잘났다고 싸우고 있다.

한 놈은 기회는 찬스이니 보라고 내게 울부짖고 있고, 또 한 놈은 그건 네 실력이 아니니 아무 도움이 되지 않는다고 속삭이고 있다.

솔직하게 보고 싶은 마음이 굴뚝같다.

하지만 비겁한 짓은 안 하는 것이 좋다.

나는 조폭일 때도 깡으로 살았지 비열하게 살지는 않았다.

"꺼져!"

내 마음속에 있는 뻘건 것에게 죽방을 날리자 그에 허연 것이 미소를 보였다. 마치 '참 잘했어요.' 하고 도장을 찍어주는 것 같은 미소이다. 물론 내 상상이지만 말이다.

그리고 나는 내가 생각해 낸 것을 바로 실행에 옮겼다.

*   *   *

교무실 밖 복도.

학생주임이 도둑발로 허리를 숙이고 걸어와 교무실 창문으로 살짝 고개를 내밀어 한참이나 고민하고 있는 박동철을 봤다. 그리고 박동철이 살짝 열려 있는 서랍을 닫고 입맛을 다시는 것을 보고 미소를 보였다.

'저거, 진짜 사람 되겠네.'

이건 학생주임의 시험이었다.

"저거 한번 진짜로 서울대 보내볼까? 될라나 모르겠네. 되면 기적인데. 쩝!"

　　　　＊　　　　＊　　　　＊

　정문 앞.
　쌤은 안테나를 까딱거리며 딴청을 부리며 내가 완장을 차고 어색하게 교문 지도를 하는 것을 힐끗거리며 보고 있었다.
　내가 교문 앞에 서 있으니 등교하는 껄렁한 것들이 주눅이 들어 있다. 물론 쌤이 서 있어도 그랬겠지만 말이다. 사실 쌈질 좀 한다면 선도부가 무서울 것이 없다. 원래 고3이 선도부를 하는 경우는 거의 없다. 하지만 요즘은 추세가 바뀌었다.
　봉사활동 점수라는 것이 생겨서 선도부를 하려는 고3이 많다. 한마디로 내가 선도부 부장을 하는 것도 쌤의 특혜라면 특혜일 것이다. 따로 시간을 낼 필요 없이 아침에 한 시간 정도만 허비하면 되니 말이다.
　"수고하십니더."
　머리에 살짝 갈색으로 염색을 한 놈이 내 눈치를 보며 꾸벅 인사를 했다. 딱 보니 노는 놈들 중 하나인 것 같다.
　"야!"
　"예, 선배님!"
　"염색했네?"
　내 지적에 놈이 억울하다는 눈빛을 보였다. 하지만 딱 봐도 구라다. 아마도 자연 탈색이라고 구라를 칠 것이다. 나도 해본 짓이기에 잘 안다.
　'이게 나를 빙다리 핫바지로 보네.'
　괘씸한 생각도 들었지만 오늘은 참아볼 참이다.

"제 머리카락인데에."

역시 변명 레퍼토리는 변하지 않는다. 이러니 쌤들이 꼴통들에 대해 다 아는 것이다.

"자연 탈색?"

"예."

물론 아니라는 것은 저놈도 알고 나도 안다.

"싸이 확인해라."

"예?"

"집에 가서 확인해. 내 싸이로 들어와서."

"예, 그럼 가도 됩니까?"

"그리고 구라를 치려면 뿌리까지 염색을 하고 와! 누구 왕년에 머리에 지랄 안 해본 새끼 있어?"

놈이 씩 웃는다. 그렇게 내 선도부 활동은 시작이 됐다. 그리고 거의 대부분의 복장 불량을 그냥 단속 없이 보냈다.

"똥철이!"

쌤이 더는 안 되겠다는 표정으로 나를 불렀다.

"예, 쌤!"

"내가 괭이한테 생선 가게를 맡겼나?"

"예?"

"니가 보낸 것들은 다 복장 불량에 두발 불량이다."

"알고 있습니다."

나는 아무렇지 않게 말했다.

"아는데 와 그라노?"

"단속보다는 자력갱생입니다."

순간 쌤이 멍해졌다.

"니, 자력갱생이라는 사자성어도 아나?"

다른 사자성어는 몰라도 자력갱생은 잘 안다. 전국에 있는 대문이 아주 큰 모든 학교의 간판은 자력갱생이다.

그러니 모를 턱이 없다. 꽤 많이 들락날락거렸으니.

"알죠. 잘 압니다. 3일만 기다리시면 놀라운 변화를 경험하실 겁니다."

"놀라운 변화?"

"예, 쌤! 제가 언제 쌤을 실망시킨 적이 있습니까?"

"니랑 나랑 안 지가 딱 이틀 됐다."

"하루를 알아도 십 년 같은 느낌, 십 년을 알아도 하루를 안 것처럼 설레는 느낌 아닙니까?"

나는 쌤을 보며 씩 웃었다.

"치아라! 이게 쌔빠닥에 참지름을 발랐나?"

그때 최은희가 굳은 표정으로 정문을 통과했다.

'안 올 줄 알았는데……'

나를 힐끗 보고 인상을 찡그리더니 쌤을 보고는 인사를 꾸벅 했다.

"최은희!"

그냥 보낼 법도 한데 쌤은 다짜고짜 최은희를 불렀다.

"…예."

"머리 묶고 다니라."

여학생에게는 어느 정도의 장발이 허용됐다. 하지만 머리가 어깨를 넘으면 묶는 것이 교칙이다.

"예."

최은희는 작게 대답하고는 꾸벅 인사를 하고 학교 건물로 들어갔다. 나는 쌤을 보고 인상을 찡그렸다.

"꼭 그래야 합니까?"

"뭐가?"

"어제 일도 있는데."

내 말에 쌤이 나를 빤히 봤다.

"어제 무슨 일 있었는데?"

그 말에 할 말이 없어졌다.

"내는 어제 다 흘려보내고 왔는데 니는 아닌가 보네."

"쌤은……."

"치아라! 낯간지랍다."

이런 쌤이 대한민국에 천 명만 있어도 매년 나 같은 양아치 천 명이 구제될 것이다. 하여튼 그렇게 최은희는 학교로 왔다.

"그런데 니 왜 안 봤나?"

"예?"

"시험지 왜 안 봤나?"

"쌤!"

처음으로 쌤을 노려봤다.

"와 또 버럭질이고?"

"부하를 쓸 때는 신중하게 고르고 무슨 일이 있어도 믿으라고 했습니다."

조폭을 할 때 그게 내 철칙이었다.

"하이고, 마, 지랄을 싸 먹고 있다. 안 봤으면 됐다."

결자해지 97

"쌤은!"
"와?"
"치사합니다."
"내는 원래 치사하다. 비 님이 오시려나? 하늘이 영 꾸부정하다."
그러고 보니 아침부터 하늘에는 잔뜩 먹구름이 끼어 있었다.

     *   *   *

뿌린 공책에 적힌 액수가 상상 초월이다. 이건 푼돈 받았다가 목돈 나가는 꼴이다.
"이거… 돈 천으로 되겠나? 이거 어디 가서 몇 대 더 쥐어 박혀야 되는 거 아닌지 모르겠다."
조명득의 푸념이 이어졌다.
"그랬다가는……."
나는 조명득을 노려봤다. 한마디로 조명득은 자해 공갈을 하겠다는 것이다. 다른 학생이라면 농담으로 듣겠지만 조명득이 하는 말은 진짜처럼 들렸다.
"뒤지겠재?"
"당근이지."
"뭐? 웬 당근?"
'아차!'
당근이라는 말이 아직 유행하지 않은 모양이다. 최대한 애들처럼 이야기한다는 것이 타임을 잘못 맞춘 것 같다.

"뒤진다고."

"나도 말이 그렇지 찌질한 짓은 안 한다. 근데……."

조명득이 내 눈치를 보며 말꼬리를 흐렸다. 대충 감이 온다.

"근데 뭐?"

"왔더라."

"닥치라!"

척하면 착이다.

"지퍼 쫙!"

나는 손으로 지퍼를 잠그라는 시늉을 했다.

"그건 알지."

"너, 나랑 오래가려면 닥쳐라!"

"닭치고!"

조명득이 버럭 소리를 지르며 씩 웃었다.

"그건 그렇고, 이걸 다 돌려주려면 애 좀 먹겠다."

나는 찬찬히 연습장을 넘겼다.

"돈 바꿔 왔지?"

"응."

"가자. 결자해지라고 했다. 해결할 것은 하고 다시 시작하자."

"참나, 푼돈 먹고 목돈을 토해 내네……."

조명득도 나랑 똑같은 생각을 한 모양이다. 그렇게 나는 1학년 교실부터 돌기 시작했다.

"선, 선배……."

"이거 받아."

"적으라고 해서 적기는 했지만……."

잔뜩 겁을 먹은 표정이다.

"내가 돈이 없어서 이자는 못 준다."

"안 받아도 되는데예."

"받아. 미안했다."

안 받겠다는 것을 억지로 주고 나왔다. 그리고 대부분 다 같은 반응이었다. 그리고 교실을 빠져나올 때 자기들끼리 양아치가 왜 저러냐고 수군거렸다.

"우리가 양아치란다."

조명득이 인상을 찡그렸다.

"양아치라고 하기는 하더라."

"참나."

"우리가 양아치가 아닌데 무슨 상관이야? 양아치가 돈 돌려주는 것 봤어?"

내 말에 조명득이 피식 웃었다.

"너도 참 지랄이다. 사람이 급하게 변하면 뒤진다 카데."

"최소한 양아치로는 안 뒤질란다."

"체! 이제는 무슨 낙으로 학교에 오냐."

"너는 삥 뜯으러 학교 왔냐? 이제부터 공부하자, 공부."

툭!

나는 조명득의 어깨를 툭 쳤다. 그렇게 오늘 하루 쉬는 시간부터 점심시간, 그리고 저녁 식사 시간까지 다 날렸다. 그리고 결론은 모든 것을 다 해결했다.

"속은 시원하네."

"그런데 동철아~"

조명득이 시간이 갈수록 똥마려운 강아지처럼 내 눈치를 봤다.
"왜?"
"오늘이……."
"맞장 안 뜬다."
"니가 안 하고 싶다고 해서 안 할 수 있는 게 아닐 긴데……."
"그 녀석한테 통합 짱 하라고 해라."
"난 모르겠다. 그 새끼 별명이 불도그라서."
"별명도 개새끼네."
"그니까 한 번 물면 절대 안 놓는다."
"지가 학교에 와서 깽판을 칠 것도 아니잖아."
그때 급하게 오득현이 교실로 뛰어왔다.
"동철아!"
표정이 굳어 있다.
"왜?"
"그, 그게… 창문 밖 좀 보래이."
"왜?"
그래도 야자는 제대로 해보자는 생각에 노트를 펼쳤는데 표정이 무슨 일이 있는 것 같다.
"보래이."
"왔냐? 개새끼, 왔네. 일 났네."
조명득은 재미있다는 듯 이죽거렸고, 나는 창문을 봤다. 나 말고도 다른 학생들까지 모두 창문에 고개를 내밀고 정문 쪽에서 운동장으로 걸어오는 녀석을 보고 있다.

결자해지 101

"저거 또라이 아이가!"
나도 모르게 버럭 소리를 질렀다.
"어색하다, 사투리!"
이 순간에도 조명득은 나를 놀렸다.
'쌤이 또 뭐라 하겠네. 쩝!'
"박! 동! 철이!"
운동장에서 내 이름을 크게 부르는 녀석의 목소리가 쩌렁쩌렁하게 울렸다.
"저거 진짜 개 또라이네. 저거 이름이 뭐냐?"
"이창명! 창원 불도그 이창명! 쟤도 회사에서 관심이 많단다."
"회사?"
조직을 말하는 것이다. 조폭들끼리는 조직이라고 하기 좀 그러니 회사라고 돌려 말했다. 그리고 웃긴 것은 경찰들도 그들을 보고 회사라고 한다. 같은 단어인데 다른 느낌이다.
"그래봐야 소모품이다."
"뭐?"
"그런 것이 있다."
나는 인상을 찡그리며 의자에서 일어났다.
"득현아."
"으, 응."
"글피가 모의고사잖아."
"그렇지."
"천 문제가 많으면 백 문제라도 내일까지 달라고 해라."
나를 위해 족집게 쌤이 되어주기로 한 친구들에게 문제를 받아오는 것을 득헌에게 부탁했다.

"알았다. 그런데 니는 어떻게 할 낀데?"

"조퇴해야지."

쌤이 조퇴를 시켜 줄지는 모르겠지만 말이다. 그렇다고 해서 학교 운동장에서 쌤들도 다 보고 계신데 맞장을 뜰 수는 없는 노릇이다.

"참 공부하기 힘드네. 쩝!"

—조명득이, 교무실로 와라.

그리고 타이밍 좋게 쌤이 조명득을 불렀다.

"쌤이 너 찾네."

"또 컴퓨터 고장 났나 보다."

"뭐?"

"쌤이 요즘 야동 보신다. 히히히!"

쌤도 남자라는 사실을 알게 됐다.

* * *

"조퇴?"

쌤이 인상을 찡그렸다.

"밖에 있는 개 또라이 때문에 그러나?"

"짖으면 시끄럽잖습니까?"

박살 내버리는 것은 어렵지 않을 것이다. 싸움은 실력도 중요하지만 경험이 반 이상이다.

경험?

내 몸은 경험이 없어도 정신은 쌈꾼이다.

깡으로 살며 40까지 현장에서 뛴 조폭이었다. 그리고 문득 다른 학교 학생이 학교에 와서 행패를 부리는데 선생님들이 나서지 않는 것이 또 이상했다.

"몇 분이면 되나?"

"…예?"

"5분이면 되나?"

"예?"

"마, 결자해지해야지. 설마 진주나 부산 애들이 오지는 않을 기다. 그자?"

순간 불안해졌다.

혹시 모르는 일이니 말이다. 나는 이 순간 쌤의 뇌가 어떤 구조인지 궁금했다. 어쩌면 진정한 또라이는 쌤일지도 모른다.

"뭐하노? 멍석 깔아줬다."

"쌤!"

"와?"

쌤이 나를 물끄러미 봤다.

"학교에서 이래도 됩니까?"

"글쎄다."

쌤은 그냥 피식 웃어버렸다. 하지만 이 순간 나는 쌤이 한 말이 계속 머리에 맴돌았다. 창원에서도 나를 깨기 위해 학교까지 와서 이 지랄을 하는데 진주고 부산이고 오지 말라는 법은 없었다.

그리고 또 신기한 것은 아무리 이창명이라는 놈이 또라이라고는 하지만 그래도 학생의 신분일 텐데 남의 학교까지 와서 이 지랄을 하는 것도 이해가 안 됐다.

'이해가 안 돼.'

뭔가 있었다.

"박! 동! 철! 나와라!"

이창명의 목소리가 다시 쩌렁쩌렁하게 울렸다.

회귀한 지 딱 이틀밖에 안 됐는데 일도 많고 탈도 많다. 마치 내가 개과천선을 하는 것을 막는 것 같다는 생각까지 들었다.

"준비됐재?"

"쌤!"

"와 또!"

"제가 이기기를 바랍니까, 지기를 바랍니까?"

"그걸 왜 내한테 묻나, 니한테 물어야재?"

"예, 그렇죠. 쌤이 심판 보십시오."

"내 그러다가 학교에서 잘린다."

"예."

그리고 이 순간 저 망할 놈의 행패를 두고 보자고 하신 것은 쌤일지도 모른다는 생각이 들었다.

"쌤, 다 고쳤는데예."

조명득이 쌤의 책상 밑에서 나왔다.

"다 고칫나?"

"고치기는 아까 다 고쳤죠."

"가봐라."

조명득이 컴퓨터에 꽤나 재능이 있다는 것을 알았다. 그리고 조명득은 공부 빼고는 다 잘하는 것 같다. 아니, 공부는 그냥 안 하는 것일지도 모르겠다.

      *   *   *

 학교 밖 길가.
 근사한 벤츠 한 대가 학교 앞 길가에 서 있다.
 "문탁아."
 벤츠의 뒷자리에 앉아 있는 남자가 옆에 앉아 있는 젊은 남자를 불렀다.
 "예, 실장님!"
 "불 있나?"
 "예."
 최문탁이 바로 중년의 남자가 빼어 문 담배에 불을 조심스럽게 붙였다. 딱 느껴지는 포스가 조폭이다.
 "휴우~ 요즘 애들은 무비 세대라 장면으로 보여주네."
 "그렇습니까, 실장님?"
 "문탁이, 너는 누가 이길 것 같나?"
 "결과가 정해진 싸움이 있겠습니까? 처한 상황에 따라 달라지지 않습니까?"
 차분함이 장점인 최문탁이다. 그리고 최문탁에게서는 조폭의 포스도 느껴지지만 마치 회사원의 느낌도 풍기고 있었다.
 "네가 좋아하는 데이터로 말해 봐라."
 "예, 피지컬적인 측면에서는 이창명이 앞섭니다. 리치도 길고

키도 크고 중량도 더 나갑니다. 전형적인 조폭형이지요."

평범한 조폭이라면 자신의 직감이나 보이는 외형만으로 말할 텐데 최문탁은 확실히 다른 조폭과는 달랐다.

"그럼 둔하지."

"그렇습니다. 근육으로만 이루어어 있다면 민첩할 텐데 지방도 꽤나 있지요. 그리고 이 학교 통인 박동철은 깡이 좋습니다. 근성이 있는 놈입니다. 이번에 스카우트하려고 준비 중입니다."

"이창명이는?"

"제 판단으로는 박동철이 부리시는 것이 더 믿음직할 겁니다."

"왜?"

"그는 너무 가볍게 움직이고 있습니다. 실장님의 눈에 들기 위해 무모한 짓을 벌이고 있는 모습이 보기 좋지 않습니다."

"그런가?"

중년의 남자가 피식 웃었다.

"우리가 직접 연장 들던 시대는 이제 지났다."

중년남자의 말에 최문탁이 지그시 입술을 깨물었다. 이 순간 최문탁의 뇌리에 스쳐 지나가는 것은 토사구팽이다.

혈기 넘치는 고등학생을 스카우트라는 명목으로 데려다가 히트맨을 시킬 생각인 모양이다.

"…이기는 놈을 쓴다."

"예, 실장님!"

"이창명이도 멍청하기는 하지만 깡이 있지. 흐흐흐!"

*　　　　*　　　　*

교무실을 나와 복도를 지났다. 저 복도 끝에는 매점이 있고 그리고 건물 밖으로 나가는 출구가 있다.

그 출구 밖에는 남의 학교에 와서 난동을 부리고 있는 또라이가 있다. 좀처럼 간이 큰 놈이 아니라면 남의 학교까지 와서 저런 난동은 부리지 못할 것이다.

흘러갈 인생이 보인다.

아마도 세상을 깜짝 놀라게 할 놈이다. 물론 좋은 쪽이 아닌 나쁜 쪽으로.

"어떻게 해야 하지?"

이기고 지는 것이 문제가 아니다.

주먹은 쓸 때 써야 한다. 그렇다고 해서 일부러 진다는 것은 자존심이 상한다.

"재미있게 됐네."

뭐 하나 쉬운 인생은 없겠지만 두 번이나 사는 인생인데 정말 어이가 없었다. 마치 내가 가고자 하는 인생을 하늘이 방해하는 것 같았다. 나는 천천히 링에 오르는 복서처럼 불이 꺼진 복도를 걸었다.

따르릉~ 따르릉~

그때 매점 앞을 지나는데 매점 앞에 설치돼 있는 공중전화가 울렸다. 나도 모르게 온몸에 소름이 돋았다. 지금까지의 경험상 저 전화는 받아야 한다. 아마도 그 망할 놈의 ARS 음성인 것 같다.

'정말 뭘까?'

내게 일어난 일을 머리로 이해하려면 이해할 수 있는 게 하나도 없다.

딸칵!

―**선택의 순간입니다. 그 선택의 책임은 당신에게 있습니다.**

역시다.

"또 무슨 선택인데?"

내 물음에 답을 해줄 것 같지는 않지만 물었다.

―**이번 라운드에서 승자로 서시겠습니까, 패자로 기억되시겠습니까?**

내 고민이 그대로 반영된 선택이다. 딱딱 상황에 맞춰 내게 선택을 강요하고 있었다. 어쩌면 이것이 앞으로 펼쳐질 내 미래의 기로가 될지도 모른다는 생각이 들었다.

―**승자를 선택하신다면 1번, 패자로 기억되시겠다면 2번을 선택하십시오.**

"내가 알아서 할게."

이번은 결정할 필요가 없었다. 아직까지 나 역시 결정을 하지 못했으니까. 그렇다면 둘 중 하나가 랜덤으로 결정될 것이다.

툭!

나는 전화를 끊지 않고 수화기를 놨다. 공중전화 수화기가 늘어져 대롱거리는 걸 보고 나는 그대로 돌아섰다.

"…어떤 선택이든 결과는 내 몫이다."

나는 그렇게 중얼거리며 건물 밖으로 나왔다.

박동철이 건물 밖으로 나오는 모습이 보이고, 공중전화 수화기는 축 늘어져 흔들리고 있다.

　—1번 선택 시 강제 전직이 진행됩니다.

　—2번 선택 시 전직이 보류됩니다.

　—랜덤으로 선택…….

뚜뚜뚜! 뚜뚜뚜!

*　　　　　*　　　　　*

와아아! 와아아아!

창문 밖으로 목을 내민 녀석들이 함성을 질러댔다. 내가, 아니, 저 망할 놈의 또라이가 면학 분위기를 완전히 망치고 있다.

"박동철!"

"박동철! 박동철!"

"파이이이티이잉~"

"오빠, 멋져요!"

"미친년들."

책상에 걸터앉아 있던 최은희가 박동철을 응원하는 다른 여학생들에게 이죽거리듯 말했다.

"멋지지 않아?"

"멋져봐야 양아치야."

최은희가 힐끗 창문 너머를 봤다.

"나왔다, 나왔어!"

"진짜 학교 전설이 되겠다! 호호호! 정말 멋져!"

"아무리 멋지다고 니 거 안 되거든."

"뭐? 그럼 니 거나?"

여학생 하나가 힐끗 최은희에게 눈을 흘겼다.

"내 거라네."

최은희가 피식 웃었다.

'정말 누가 보면 올림픽 결승전에 나가는 줄 알겠네. 쌈질만 하면 니 거 안 되어준다.'

최은희와 박동철의 첫 만남은 상당한 임팩트가 있었기에 학생주임의 구라가 최은희에게도 통한 것 같았다.

'이렇게 사람 많은 데서 쌈해 보기도 또 처음이네.'

살짝 인상을 찡그렸다.

"왔나?"

덩치가 꽤나 크다.

보통 덩치가 크면 둔하다. 하지만 그 덩치가 근육으로 이루어져 있으면 둔하지 않고 오히려 날렵하다. 그리고 이 덩치는 지방은 있지만 김수용처럼 그냥 덩어리만은 아닌 것 같다.

"나는 창원기계공고 이창명이다."

"너, 또라이냐?"

"뭐?"

내 말에 이창명의 표정이 일그러졌다.

"학생이 남의 학교에 와서 이렇게 깽판을 쳐도 되냐고?"

"니는 학생이겠지만 내는 이제 아니게 될 끼다. 그리고 약속을 깬 건 니다."

"약속 장소로 안 오면 니가 통합 통 하면 되는 거잖아. 부전승 몰라?"

"그러려고 했는데 내 몸값을 좀 높여야 할 때인 것 같아서. 너 깨면 이름값이 더 올라가잖아."

"됐고, 뜨러 왔으니 뜨자."

"홈그라운드가 좋기는 좋네. 가스나들이 질질 싼다. 하이고, 가스나들 숨넘어가겠네. 이래서 남녀공학이 좋다니까."

"부러우면 전학을 오든가."

기계공고는 학생 모두가 수컷이다. 그러니 이런 남녀 공학이 부러운 것은 당연했다.

"가스나들 좀 자빠뜨려 봤냐?"

개 눈에는 똥만 보이는 법이다.

"너, 커서 뭐가 되려고 이러냐?"

조폭 영화가 애들을 다 망쳐 놓았다.

조폭을 멋있게 묘사하는 영화는 모두 구라다. 조폭은 절대 멋지지 않다. 아니, 그 어떤 직업보다 더 힘든 직업이다. 경쟁도 더 치열하고 말 그대로 약육강식, 정글의 법칙이 통하는 곳이다.

그걸 애들은 모른다.

'저걸 확 뭉개 버려?'

정말 성질 죽이고 인생 한번 바꿔보려는데 쉽지가 않다.

나는 바로 이창명의 상태를 살폈다. 싸움에서 가장 중요한 것은 눈이다. 눈이 5할이고 발이 3할, 깡이 1할이라는 것이 내 생각이다. 잘 봐야 잘 피하고 공격을 할 때 발부터 움직이니 발을 잘 봐야 한다. 그리고 빈틈을 노려서 까면 되니 깡이 1할이다.

그다음 주먹이 1할이다.

"준비됐나?"

"그래, 하자. 휴우!"

나는 길게 한숨을 내쉬었다.

"간다."

그 순간 이창명이 나를 향해 황소처럼 달려들었다. 저돌적인 면이 있는 놈이다. 그리고 나는 놈의 스텝을 살폈다. 발이 움직이고 주먹이나 발이 나간다. 그러고 나서 어깨가 움찔하고 주먹이 나간다.

뭐든 예비동작이 있다.

'펀치다.'

어깨가 움찔했다. 그와 동시에 이창명이 내게 스트레이트로 주먹을 날렸다. 리치가 나보다 더 길다는 것을 염두에 둔 공격이다.

퍽!

나는 바로 발로 놈의 허벅지를 깠다.

내가 살던 시대에는 이런 것을 로우킥이라고 했다. 이거 계속 맞으면 다리에 힘이 풀리고 스피드가 떨어진다.

퍼억!

그 소리와 함께 이창명이 살짝 휘청거렸다. 아마 하체가 부실한 놈이라면 바로 쓰러졌을 것이다.

와와와! 와와와!

"오빠, 짱!"

"박동철! 박동철!"

교실 건물에서 함성이 터졌다. 정말 저 녀석들은 격투기 경기를 보는 것처럼 함성을 지르고 있다.

"으윽! 쥐새끼 같은 놈!"

충격이 있었는지 '으윽' 신음 소리를 내다가 성질을 참지 못하고 씩씩거렸다. 꼭 성난 멧돼지 같다. 그러면서도 바로 틈을 보이지 않기 위해 뒤로 물러나 타격 거리에서 살짝 벗어났다. 이것만 봐도 무데뽀로 덤비는 놈은 분명 아니었다.

'아직 멀었어.'

나 역시 살짝 거리를 벌렸다. 원래 내가 리치가 짧으니 거리를 늘릴 것이 아니라 좁혀야 한다. 그리고 바로 이창명의 발이 움직였고, 내 옆구리를 향해 옆차기가 날아왔다.

퍽!

나는 양손으로 놈의 발차기를 비켜 쳐내고 복부를 주먹으로 쳤다. 공격은 간결해야 한다. 만약 내 손에 연장이 있었다면 놈은 그대로 쓰러졌을 것이다. 그리고 바로 발을 비틀고 아킬레스건을 끊어놓았다.

모질게 마음을 먹어야 한다. 싸움에서 인정을 보이면 내가 당한다. 조폭이라도 싸우지 않는 것이 제일 좋고, 싸워야 한다면 더 이상 기어오르지 못하게 독한 마음을 품고 확 잘라내야 한다. 그래야 큰 싸움이 안 난다.

"윽! 이 쥐새끼가!"

그리고 놈이 나를 향해 돌진을 감행했다. 나는 요리조리 피하기를 거듭했다. 이렇게 계속해서 피하기만 하면 나보다 덤벼드는 놈의 힘이 더 빠질 것이다. 그 말인즉슨 저놈은 이미 내게 졌다는 말과 같다.

"둔한 새끼!"

퍽!

나는 바로 놈의 얼굴에 잽을 날렸다.

"윽!"

그대로 정면에 적중한 잽이다. 그리고 알게 된 사실은 놈이 맷집이 꽤나 있다는 것이다. 그렇게 몇 번 더 내 공격이 먹혔다.

'이제 결판을 내자.'

나는 지그시 입술을 깨물었다.

"이 망할 새끼야! 비겁하게 도망만 치지 말고 덤비라고! 덤벼!"

"아주 지랄을 해라!"

나는 바로 놈에게 돌진을 감행했고, 놈도 씩씩거리며 나를 향해 달려들었다.

와와와! 와와와!

그 순간 다시 함성이 터졌다.

이 싸움을 구경하는 학생 중에 내 패배를 떠올리는 사람은 아무도 없는 것 같았다. 그리고 나는 함성을 등에 지고 놈을 향해 주먹을 힘껏 뻗었고, 놈도 나를 향해 주먹을 뻗었다.

영화의 한 장면 같다.

비만 온다면 딱이다.

퍼어억!

놈의 주먹이 내 턱을 강하게 강타하는 순간 나는 살짝 머리를 뒤로 뺐고, 나는 액션 장면에서 악당 역할을 하는 스턴트맨이 주인공에게 맞고 쓰러지는 연기를 하듯 뒤로 벌러덩 나가떨어졌다.

"으악!"

그 순간 나를 응원하던 학생들이 조용해졌다.

믿어지지 않는다는 눈빛일 것이다.

아니, 충격에 휩싸인 것 같았다.

쿵!

"으으윽!"

내가 그대로 뻗은 주먹을 멈추지 않았다면 쓰러진 놈은 내가 아니라 놈이었다.

'내 식대로 결자해지다.'

내가 그 생각을 할 때 놈이 쓰러진 나를 향해 달려들어 마구잡이로 깠다. 물론 나는 급소를 노리는 놈의 공격은 손과 무릎을 이용해 막았다. 하지만 멀리서 보면 완벽하게 깨지는 모습처럼 보일 것이다.

퍽퍽! 퍽퍽!

"으윽, 끄윽!"

비명도 약간은 오버다.

"뒈져, 이 새끼야! 좆도 아닌 새끼가!"

이미 승부는 끝이 났는데 멈추지 않고 계속 나를 향해 린치를 가하듯 공격하는 것을 봐서 이창명은 무식하거나 잔인한 놈일 것이다. 그리고 꽤나 오버를 하고 있다는 생각도 들었다. 무엇인가를 의식하는 듯 말이다.

퍽!

나는 내 복부를 향해 까려는 이창명의 발을 잡았다.

"놔, 이 새끼야!"

"마, 고마해라!"

내가 쓰러진 상태에서 움켜잡자 놈의 당황한 눈빛을 보였다.

그렇게 자신이 깼는데 아직도 자신의 발을 잡고 늘어질 힘이 남아 있다는 것에 놀란 것 같다.

우르르! 콰쾅! 콰콰쾅!
그때 천둥이 쳤다. 어느새 하늘에는 먹구름이 잔뜩 끼어 있다. 아마 곧 비가 올 것 같았다.
후둑! 후두드득!
한순간에 장대비가 쏟아졌다.
"이만 하면 됐다 아이가."
나도 모르게 사투리를 썼다.
"뭐?"
놈이 살짝 당황한 눈빛을 보였다.
"맘 변하기 전에 끄지라."
눈에 살기를 담았다. 맹탕은 아닐 것이니 이 살기를 느낄 것이다.
"내, 내가 너 깐 거다."
이창명이 승리를 선언하듯 말하고 돌아섰다.
"마산은 이제 내가 먹었다!"
누가 보면 조직 간의 대결에서 승리한 줄 알겠다. 그리고 이창명은 의기양양하게 학교 정문을 빠져나갔고, 나는 쏟아지는 비를 맞으며 그대로 대자로 운동장에 누웠다.
"이게 결자해지지. 하하하!"
이기는 것이 이기는 것이 아니고 지는 것이 끝까지 지는 것이 아니다. 계속 이기기만 할 수 없는 것이 인생이고 때로는 내일을 위해 져야 할 때도 있었다.
 "이 비와 함께 전설은 지워졌다. 큭, 키킥! 킥킥킥!"
 딩동댕~
 ─무척이나 울었네~ 눈에 비 맞으며~
 교내 방송 스피커에서 부활의 노래가 나온다. 쉬는 시간인 모양이다.
 ─눈에 비 맞으면 빗속에 너는~
 "이건 또 무슨 개지랄이냐?"
 하지만 노래처럼 나는 눈에 비를 맞으며 이러고 있다. 아마 이 자리에서 일어나는 순간 나를 바라보는 시선은 꽤 많이 달라져 있을 것이다.
 나의 전설은 꺾여 버렸으니까.
 '홀가분하네.'
 왜 일부러 졌느냐고?
 이제 난 주먹으로 먹고살 것이 아니니까. 내가 원하는 꿈을 향해 달리기 위해서는 주먹의 전설은 깨져야 했다.
 '법을 쓰며 살 세상인가……'
 하지만 이 순간에도 법이라는 것에 온전히 믿음이 가지 않는 현실이 서글펐다.

제4장
내 눈이 이상해

비를 잔뜩 맞고 교실로 돌아오니 교실 분위기가 싸늘하게 식어 있다. 그러면서도 힐끗 나를 살피는 수많은 시선이 느껴졌다.

이 학교의 통인 내 전설은 깨졌지만 여전히 학생들에게 나는 거리감이 있는 존재인 모양이다.

'다 젖어서 찝찝하네.'

사물함을 열었다. 아무것도 없다. 그럴 줄 알았다.

"여기!"

그때 오득현이 내게 자신의 체육복을 내밀었다. 고맙게 오득현이 내게 먼저 손을 내밀어줬다.

"고맙다."

"괜찮아?"

"뭐가?"

"억수로 맞던데?"

"아프네."

"이길 수 있었는데."

"그러게."

이러니저러니 말해줄 필요는 없었다. 지기로 작정하고 한 싸움이니까. 그렇게 나는 체육복으로 옷을 갈아입고 필기 노트를 펼쳤다.

'이제 남은 것은 공부뿐이다.'

의자에 앉아 공부를 시작하려고 폼을 잡았지만 자꾸 이창명의 얼굴이 떠올랐다. 자신은 이제 학생이 아닐 거라는 말이 걸렸다.

아마도 조직에 스카우트 된 것 같다.

'나를 이기면 받아준다고 했을까?'

이창명의 행동이 너무 과했다.

'각자의 몫이 있는 거지.'

이제 내 몫은 공부다. 죽자고 해보는 것이다. 그때 복도 쪽에 있던 조명득이 의자를 들고 와서 내 옆에 찰싹 붙어 앉았다.

"입 닥치라!"

무슨 말을 할지 안 들어도 알 것 같다.

"와 그랬노?"

하지만 내게 온 것은 의외의 질문이다.

"공부 좀 하자."

"와 그랬노?"

"뭐가?"

"와 져 줬는데?"

"누가 져 줘? 실력이 안 되니까 진 거지."

"치아라! 공부가 그리 하고 싶나?"

"해보고 싶다."

"그렇다고 자기 전설을 스스로 깨?"

속삭이는 조명득의 이야기를 다른 학생들도 귀를 쫑긋 세우고 듣고 있는 것 같다.

"뭐 되려고 그러는데?"

"검사. 될 수만 있다면!"

"왜?"

"폼 나잖아."

순간 심각하던 조명득의 표정이 갑자기 변해 어이가 없다는 표정으로 변했다.

"폼 날라고 검사가 되고 싶다고?"

"인생은 폼생폼사다."

"니도 참말로 또라이다."

"…공부 좀 하자."

"해라, 공부! 나는 니 대가리를 까보고 싶다. 뭐가 들었는지."

"글쎄다. 뭐가 들었을까……."

딩동댕~

종이 울렸다. 야자 한 시간이 또 날아가는 순간이다.

"다음 시간에 나한테 말 걸면 죽인다."

"해라, 공부. 짜잔~ 나도 이거 가지고 왔다. 드래곤 볼이라 카는데, 이거 억수로 재미있다. 히히히!"

다다닥! 다다닥! 쿵쾅! 쿵쾅!

그때 복도 양 끝에서 내가 있는 교실로 뛰어오는 소리가 들렸다.

벌컥! 벌커어억!

교실 앞문과 뒷문이 거의 동시에 열렸다.

"박동철이! 니, 후딱 나온나!"

뒷문을 열고 쳐들어온 것은 김수용이었다.

다시 이 교실에 들어오면 죽인다고 했는데 이창명한테 맞고 쓰러지는 모습을 보고 내가 다시 만만하게 보인 모양이다.

그리고 곧 앞문을 열고 한 놈이 들어왔다.

앞문을 열고 쳐들어온 놈은 처음 본 놈이다.

"미안타, 동철아. 내가 좀 치사하다."

그래도 저놈은 조금 솔직하다

"야!"

아주 공부를 못하게 지랄이다.

"왜, 인마?"

김수용이 의자를 집어 들었다가 내가 째려보자 슬쩍 다시 놨다.

"그냥 와! 너, 이름은 뭐냐?"

"몰라?"

"알아서 뭐 하게."

내 말에 교실 앞문을 열고 들어온 놈이 인상을 찡그렸다.

"고정훈!"

"치사한 새끼들!"

조명득이 벌떡 일어나려고 하는 걸 어깨를 눌러 앉게 했다.
"엉덩이에 고름 찰 때까지 드래곤 볼이나 읽어라."
"괜찮겠나? 두 놈이다."
"썩어도 준치다."
빨리 끝내야 한다.
산중 호랑이가 상처를 입게 되자 승냥이들이 겁도 없이 덤벼들 줄은 생각도 못했다.
"알았다!"
조명득은 내 말이 끝나자마자 바로 만화책을 펼쳤다.
"어제는 갑자기 당해서… 컥!"
김수용이 다가오면서 이죽거리다가 목을 잡고 앞으로 고꾸라졌다. 그리고 나는 바로 책상 사이로 걸어오다가 흠칫 놀란 고정훈의 향해 책상을 밟고 날아가듯 뛰어올라 주먹으로 턱을 날려 버렸다.

두 놈을 상대하는 데 딱 5초 걸렸다.
그리고 두 놈은 그대로 쭉 뻗었다.

     *   *   *

"손 똑바로 들어, 새끼들아!"
쓰러진 놈들에게 화장실 물을 떠와 뿌리고 깨웠다. 그리고 내 자리 뒤에서 무릎을 꿇고 손을 들게 했다. 원래 공부라는 것은 안 하는 놈들이니 상관없을 것 같다.
그리고 이번 일은 다시 소문이 날 것이 분명했다.

썩어도 준치라고.
그리고 앞으로 날 귀찮게 하는 놈들이 줄어들 것이다.
"알, 알았습니다."
김수용이 잔뜩 겁을 먹었다. 고정훈 역시 손을 들고 있다.
스르륵!
그때 야간 자율 학습을 지도하기 위해 순찰 중이던 쌤이 들어오시더니 묘한 표정으로 손을 들고 있는 둘을 봤다.
"니들 와 그라고 있노?"
"쌔, 쌤요, 그, 그게……."
고정훈이 슬쩍 손을 내리며 쌤에게 말했다.
"손은 들고 있으래이."
툭툭!
쌤이 안테나로 고정훈의 머리를 쳤다.
"앗! 아악!"
고정훈이 바로 손을 들었다.
"니들 없으니까 느그 있던 반들이 조용하대. 이제부터 야자 때는 여로 오래이."
"쌔에에임!"
고정훈과 김수용이 울상이 됐다.
"똥철아!"
"예, 쌤!"
"왜 저러고 있노?"
"면학 분위기를 망쳐서요."
"니가 저랬나?"

"예."

고정훈은 휴지로 코를 막고 있고, 김수용은 목에 시퍼런 멍이 보인다.

"역시 법보다 주먹이지."

"쌤!"

"와?"

"다른 학생들 공부하는데 쌤이 면학 분위기 망치고 있습니다."

"하이고, 마, 아주 지랄을 해라."

쌤이 피식 웃고는 밖으로 나갔다.

그렇게 본격적인 공부가 시작됐고, 3일이 지났다. 내 일과는 그대로다. 아침 5시에 등교해서 샤워를 하고 쌤이 찍어준 책을 읽는다. 그리고 6시부터 7시까지는 내 어린 쌤들이 찍어준 문제를 외운다. 영어는 스펠링까지 달달 외우고, 수학도 공식 그 자체를 이해하지 못해 외워버렸고, 찍어준 문제도 무조건 외웠다.

'시간이 갈수록 잘 외워지네.'

뇌는 쓰면 쓸수록 잘 돌아간다는 말은 진리였다.

"저것들은 왜 거의 다 스포츠머리고?"

쌤과 나는 지금 등교 복장 점검 및 등교 지도를 하고 있다.

내가 싸이월드에 학교 복장 규범 수칙을 정한 지 3일이 지났다. 시정 조치 기간이 딱 어제까지로 오늘부터 걸리는 놈은 묵사발을 낼 것이라 으름장을 놓았다.

김수용과 고정훈을 통해서 느꼈다.

법도 중요하지만 주먹도 필요하다는 것을.

"제가 그랬잖습니까? 단속보다는 자력갱생이라고."
"그래?"
"예, 쌤!"
나는 쌤을 보며 씩 웃었다.
"니는 협박을 너무 잘한대이."
"예?"
"나도 니 일촌이다."

우리 학교 일류부터 삼류까지 양아치는 다 내 싸이월드 1촌이다. 그래서 머리 염색부터 각종 복장 점검에 걸리는 놈이 없었다. 내 눈에 걸리면 바리캉으로 밀어버리고 묵사발을 내놓는다고 협박했기 때문이다.

협박은 조폭의 주특기인 만큼 쉬운 일이었다.

"쟤는 와 선도부 시켰노?"

쌤이 김수용을 보고 내게 물었다.

"자력갱생입니다."

"자력갱생이 다 되나~"

쌤은 그저 피식 웃고 말았다.

두 살을 꿇었든 아니든 나는 3학년이고 김수용은 2학년이기에 나는 선배님 소리를 듣는다. 그리고 쌤이 내게 한 것처럼 나도 선도부장 권한으로 김수용에게 선도부 완장을 채웠다.

아마 김수용은 일찍 등교하게 되어서 죽을 맛일 것이다. 그리고 뜻도 모르는 책을 아침부터 나랑 같이 읽느라 미치기 일보 직전이라는 소문도 돌았다.

'저러다가 지치면 전학 가겠지.'

하여튼 나는 그렇게 딱 3일 만에 99.1퍼센트의 비율로 복장 및 두발 단정에 성공했다.

"오늘 모의고사인데 몇 등이나 할 것 같노?"

쌤이 등교 지도를 마치고 내게 물었다.

"50명만 재낍니다."

"그래, 천릿길도 한 걸음부터다."

"예, 쌤!"

정말 일주일 동안 머리가 터지도록 공부했다. 그리고 드디어 회귀 후 첫 시험이 다가왔다.

첫술에 배부를 수는 없었다. 하지만 50명은 제치고 싶었다. 그럼 전교 450등이 되는 것이다. 비록 모의고사지만 말이다.

딩동댕~

교내 방송이 나왔다.

─학생주임이 전달합니다. 아시다시피 우리 학교 통인 박동철이가 공부를 시작했대이~

뭐가 대단하다고 저걸 방송하는지 쌤의 뇌 속이 궁금해졌다.

─알다시피 박동철이는 전교 꼴등이다.

아주 광고를 하신다. 나한테 관심 없던 것들도 이제는 내 등수를 다 알게 됐다. 최은희도 알게 됐을 것이 분명하다.

'아이 씨, 쪽팔리게……'

인상을 찡그리는데 교실에서 킥킥거리며 웃는 소리가 들렸다.

교실 분위기가 꽤나 좋아졌다. 물론 나를 여전히 무서워하지만 회귀 첫날처럼 숨도 못 쉴 정도로 갑갑한 분위기는 아니었다. 게다가 최소한 집단 따돌림은 없었다.

그리고 빵 셔틀도 없다.

족집게 문제 셔틀은 있었지만.

—이번 모의고사에서 남녀 통합 박동철이보다 등수가 밑에 있는 것들은 1등 당 빠따 한 대씩이다.

쌤의 목적은 이것이었다. 물론 나한테 등수에 밀릴 거라고 생각하는 학생은 없을 것이다.

딱 한 명 빼고.

—남아일언은 중천금이다. 그리고 똥철아~ 니는 이번에도 또 꼴등이면 빠따 백 대다.

댕동댕~

교내 방송이 끝났다.

—학생주임 선생님, 박동철이한테 밀리는 애들이 있을까요?

—하위 450등부터 500등까지는 그 나물에 그 밥이죠. 공부한 놈이 이기겠죠. 내기할까요?

교내 방송이 끝났다는 종소리는 들렸지만, 마이크가 안 꺼졌는지 선생님들의 대화 소리가 들려왔다.

—저녁 내기입니다, 학생주임 선생님.

—합시다. 하죠.

선생님들이 내 등수로 내기를 시작했다. 그리고 애들도 방송을 듣고 삼삼오오 모여들기 시작했다.

"야! 다들 걸어, 걸어!"

애들도 내기를 하는 것 같다.

'내가 50등은 꼭 찍는다.'

오기가 생기는 순간이다.

"킥킥킥! 역시 손오공이라니까."

모의고사 당일 아침에도 만화 삼매경에 빠져 있는 것은 조명득이 말고는 없을 것 같다.

"명득아, 니 뭐 됐다."

"그래봐야 한 대다! 내가 꼴등, 니가 499등! 맞아준다. 한 대쯤은 맞아줄 수도 있다."

조명득은 나도 보지 않고 말했다.

"니는 문제 풀어라. 내는 쭉 내리 찍는다."

조명득이 30㎝ 자와 펜을 보여줬다.

"오지 선다형이니까 최소 평균 20점이다. 공부에 목숨 건 우리 동철이는 몇 점 나올까?"

다시 말해 조명득은 그냥 한 줄로 답을 쭉 내리 찍겠다는 말이다.

"내가 니 잡으면 니는 뭐가 되노?"

그러고 보니 그렇다.

딩동댕~

시험 시간을 알리는 종이 울렸고, 교실 문이 열리며 모의고사 시험 문제를 들고 선생님 한 분이 들어오셨다.

"책 덮어라."

목소리가 쌤과 내기를 한 그 선생님이다.

1교시 시험은 수리탐구 영역이다. 말 그대로 수학이다. 그리고 내가 가장 취약한 것이 숫자다.

"박동철이!"

"예, 쌤!"

나는 벌떡 자리에서 일어났다.
"너는 앞으로 와라."
"예?"
"어서!"
아마도 커닝을 방지하기 위해서 자기 앞에 앉히려는 것 같다.
"예."
"커닝하다가 걸리면 무조건 0점 처리한다."
대놓고 나를 보고 말씀하신다. 그리고 내 앞에 탁 자리를 잡고 앉으셨다.
"반장!"
"예, 쌤!"
"시험지 돌려라"
시험지를 받고 시험지에 내 이름을 적는 순간 온몸이 찌릿한 느낌이 들었다.
―진실의 눈동자 스킬이 발동되었습니다.
그리고 환청이 내 뇌리에 울렸다.
'뭐, 뭐냐?'
집중해야 한다. 아마 긴장감 때문일 것이다. 나는 최대한 마음을 가다듬고 시험지를 봤다.
'헐!'
나도 모르게 숨이 턱 막힌다. 아니, 내 눈이 의심스럽다.
'내, 내 눈이 이상해…….'
컴퓨터 사인펜을 들고 있는 내 손이 부르르 떨렸다.
'이게 정말 진실이라면…….'

엄청난 일이 일어났다. 그리고 줄빠따를 시작으로 곡소리 날 일만 남았다.

'아, 아는 문제를……'

내가 그나마 알고 있는 집합 관련 문제가 3번이었다. 나는 바로 집합 관련 문제를 풀어 봤다.

내 눈에 보이는 것이 단순한 착각이든 환상이든 사실 여부부터 확인해야 했다.

'3번!'

두 번이나 풀었다. 그래도 집합 문제의 답은 3번이었다. 그리고 다시 무식한 방법이지만 일일이 집합을 쪼개서 확인했다.

'3번이야!'

그리고 놀라운 것은 답안지의 반투명하게 보이는 희미한 점도 3번에서 반짝이고 있다. 그리고 어린 쌤들이 찍어준 수학 문제에서 똑같은 문제가 토씨 하나 틀리지 않고 여섯 문제가 나왔다. 그것 역시 답안지의 답과 내가 알고 있는 답이 일치했다.

그 문제는 풀 줄도 알고 답도 알고 있다.

그리고 다시 답안지를 봤다. 내가 알고 있는 답과 일치했다.

'월요일에 곡소리 좀 나겠네.'

믿으려고 마음을 먹었으면 온전히 믿어야 한다. 그리고 이것도 못 믿을 것이 없다. 회귀를 한 것도 믿을 수 없는 일이니까.

그렇게 나는 빠르게 문제의 답을 답안지에 기록했고, 내 빠른 손놀림을 보고 선생님은 '네가 그러면 그렇지' 하는 표정으로 피식 웃었다.

가소롭다는 눈빛이다.

그래, 대가리 텅텅이가 수학을 단 며칠 만에 이렇게 빠르게 풀 수는 없는 일이니 답을 찍었다고 생각했을 것이다. 하지만 나는 빠르게 찍고 시험지에 나온 문제를 외웠다.

'뇌라는 것은 놀라워.'

몸을 혹사시켜 피부에 주름이 가면 미치고 환장할 노릇이겠지만, 뇌를 이렇게 혹사시키면 시쳇말로 뇌섹남이 된다.

문제를 다 풀고 남은 시간은 40분.

총 시험 시간 중에 아직 40분이나 남았다. 그 시간을 허비할 수는 없었다.

"조명득!"

그때 시험 감독 선생님이 조명득을 불렀다.

"예, 쌤!"

"다 풀었나?"

아마 30cm 자로 쭉 내려찍고 엎드려 자고 있는 것을 본 것 같다. 시험 중이라 고개를 돌려 볼 수는 없었다.

"헤헤, 제가 풀 게 있겠습니까?"

조명득의 대답에 감독관 선생님이 조명득을 보며 피식 웃었다.

"지겹지?"

"두말하면 입 아픕니다."

"학교에는 왜 나오니?"

"그러게요."

"시험 다 찍었으면 나가 봐라."

"예."

조명득이 바로 자리에서 일어나자 시험 감독관은 나를 힐끗 봤다.

딱!

손에 들고 있는 작은 막대기로 감독관 선생님이 내 머리를 쳤다.

"너도 찍었는데 나가지? 지겹잖아?"

눈빛은 쌤과의 내기에서 이겼다고 생각하는 것 같다.

"확인해 보는 중인데요."

"뭐?"

내 대답에 어이가 없다는 투로 되물었다.

"찍는 것도 확인을 하니?"

"아는 문제는 한 문제라도 더 풀어야죠."

"그러네. 하하하! 집합을 파고 또 파네."

선생님은 시험지에 일일이 집합을 나눠놓은 것을 보고 웃으셨다. 저 눈빛은 제자를 생각하는 눈빛이 결코 아니었다.

"그런다고 되냐. 쯧쯧! 니 알아서 해라."

감독관 선생님이 내 답안지를 슬쩍 보려고 하는 것을 눈치채곤 나는 답안지를 시험지 뒤에 숨겼다.

그리고 다시 시험 문제를 외우는 데 집중했다.

'외운다. 못 외울 것 없다.'

오기가 발동했다. 저 선생님의 눈빛에 대한 조롱을 언젠가는 갚아주고 싶다. 꼴통도 마음만 먹으면 달라질 수 있다는 것을 보여주고 싶다.

딩동댕~

수리탐구 영역 시간이 끝나자 교실 분위기가 어수선해졌다. 쉬는 시간이면 학생들은 두 분류로 나뉜다. 다음 시험을 대비해서 10분이라도 더 공부하겠다는 부류와 자기들끼리 답을 찾아보는 부류.

당연히 후자가 공부를 못한다.

그리고 나는 전자이다.

'얘들이 찍어준 것에서 여섯 문제나 나왔어!'

그것도 토씨 하나 틀리지 않고 나왔다. 그런 문제가 전 과목에서 나온다면 최소한 50등 이상은 상승시킬 수 있었다.

'첫술에 배 안 부르지.'

다음 시간은 언어탐구 영역이다.

'최선을 다하자.'

     *   *   *

그렇게 언어탐구 영역 시간이 끝났고, 언어탐구 영역 답안지도 수리탐구 영역과 다를 것 없이 답에서 빛이 났다. 하지만 나는 천천히 내가 아는 문제부터 풀었다.

내가 아는 문제는 다섯 문제였는데, 어린 쌤들이 찍어준 문제에서 놀랍게도 열 문제가 나왔다. 총 60문제 중에서 15문제를 나 스스로 푼 것이다. 그리고 나머지는 점이 반짝거리는 곳에 찍었다. 그리고 교실을 나와 반복적으로 다음 시험 문제를 외웠다.

"시험 끝!"

시험 감독관 선생님의 외침과 함께 뒤에 앉아 있던 애들이 시험지를 거둬서 선생님께 내밀었다.

"머리를 하도 굴려서 머리가 터질 것 같네. 밥 묵자!"

조명득이 교실로 뛰어 들어오며 소리쳤다.

"자로 쭉 내려 적는데 머리가 왜 터져?"

"1번부터 5번까지 어떤 번호가 행운의 번호일까 고민하는 것이 얼마나 어려운 줄 아나?"

"지랄을 해라."

"시험은 잘 봤나?"

"그럭저럭."

"나는 1교시에 열한 문제 맞았다. 30㎝ 자로 쭉 내려찍었는데 열한 문제가 정답이네. 머리 터져라 푼 너는 몇 문제나 맞았을까?"

조명득이 나를 놀렸다.

'두고 보면 알지.'

아마 조명득이 월요일에 제일 많은 곡소리를 낼 것 같다.

댕동댕~

교내 방송이 나왔다.

ㅡ박동철이! 교무실로 당장 튀어온나!

방송을 한 것은 쌤이었다.

그리고 쌤의 목소리가 전에 없이 싸늘했다.

ㅡ밥도 처묵지 말고 당장 튀어온나!

"쌤은 와 또 저러노?"

조명득이 살짝 긴장한 눈빛으로 나를 봤다.

'답안지 채점을 벌써 했나?'

내 눈이 이상해 137

나는 바로 자리에서 일어났다.
"밥도 못 먹게 하네. 쌤, 요즘 이상타."
조명득이 나 대신에 투덜거렸다.

　　　　　＊　　　　＊　　　　＊

교무실 문을 열고 안을 둘러봤다.
분위기가 차가웠다.
"거북이 새끼가! 후딱 안 들어오고 뭐하노?"
쌤이 버럭 소리를 질렀다.
"예."
나는 바로 문을 열고 들어섰다. 쌤의 손에는 안테나가 들려 있고, 쌤의 옆에는 나를 무시하고 조명득을 조롱하던 쌤이 '네놈이 그러면 그렇지'라는 눈빛으로 보고 있다.
"박똥철이!"
"예, 쌤!"
"니, 설명 단디 해라."
쌤의 손에는 내가 제출한 답안지가 들려 있다.
"뭘 또 설명할 것이 있습니까? 커닝이죠."
퍽!
옆에 있던 쌤이 내 머리를 쥐어박았다.
"악!"
"니 정말 커닝했나?"
"안 했습니다."

"안 했어? 그런데 수리탐구 역영이 와 만점이고? 미쳤나? 니는 내가 빙다리 핫바지로 보이나?"

쌤의 눈빛이 차갑다. 나에 대해 실망한 눈빛이 가득했다.

"쌤!"

"와!"

"그럼 제 앞에서 제가 커닝 하나 60분 동안 감시하시고 감독하신 저 쌤은 빙다리 핫바지라 제가 커닝한 것을 못 잡으신 겁니까?"

"뭐라꼬?"

순간 쌤이 할 말이 없는지 멍한 눈으로 나를 봤다.

"아니, 이 새끼가!

내 몇 마디에 빙다리 핫바지가 된 쌤이 내 멱살을 잡았다.

감정이 잔뜩 실려 있는 눈빛이다.

"니 지금 선생님한테 빙다리 핫바지라고 했나?"

"말이 그렇다는 겁니다."

"용 선생, 흥분하지 말고 손 놓으세요."

"학생주임 선생님!"

"커닝을 한 것인지 안 한 것인지는 바로 확인해 보면 알죠."

"예?"

용 선생이 쌤을 뚫어지게 봤다.

"박동철이!"

"예, 쌤!"

"너 정말 커닝 안 했다는 기제?"

"어브코스~"

"지랄을 해라! 앉으라."

쌤이 1교시에 푼 수리능력 영역 시험지를 내게 내밀었다.

"1교시에 푼 시험지다. 똑같은 기다. 풀어라. 니가 커닝을 안 했다면 이 문제들을 바로 풀기고 커닝을 했다면 못 풀기고!"

"예."

억울함을 해결할 방법을 딱 하나다. 이 시험 문제를 다 풀면 된다.

그래서 나는 시험지를 쭉 봤다.

"쌤!"

"와!"

샘의 눈빛은 여전히 사나웠다.

"쌤, 지금 저한테 구라 치셨습니다."

"뭐?"

"시험 문제가 다르지 않습니까."

순간 쌤이 멍해졌다. 그리고 나에 대한 눈빛도 살짝 풀렸다.

"확실하나?"

"손모가지를 걸겠습니다."

"좋다, 풀어라."

살짝 미소를 보이는 쌤이다. 그러면서도 쌤의 눈에는 놀랍다는 눈빛이 담겨 있었다.

"예, 쌤!"

내 눈에 보이는 반짝이는 점을 그대로 찍으면 된다. 하지만 나는 내가 아는 문제부터 풀었다. 이런 것들이 쌓이면 결국 나는 서울대를 갈 것이다.

'자신감이 붙었어.'

반짝이는 답이 보이는 것보다 내가 아는 문제가 꽤 많다는 것에 감사했다. 겨우 3일 죽어라 공부했는데 이 정도이다. 게다가 내게는 아직 240일 정도가 남았다. 그 기간 동안 목숨을 걸고 공부한다면 뭐가 될지 아무도 모른다.

"네가 이번 시험지도 70퍼센트 이상 정답을 적으면 내가 정말 빙다리 핫바지다."

용 선생이 씩씩거렸다.

"그렇게 되실 겁니다."

40분 만에 문제를 다 풀었다. 물론 진실의 눈 스킬을 통해서 답을 적는다면 3분이면 될 것이다. 하지만 나는 내가 풀 수 있는 문제는 풀었다. 그리고 새로운 문제들을 답과 함께 외웠다.

'모의고사는 내신에 반영이 안 된다.'

결국 진짜 실전은 중간, 기말고사다.

"다 풀었습니다."

내가 쌤을 보자 쌤의 눈이 커질 대로 커져 있다. 대충 내 뒤에서 채점을 한 것 같다.

'진실의 눈 스킬, 정말 대단하네.'

급하게 선택한 스킬이다. 아마 2번인 지식을 담는 뇌를 선택했다면 외운 것은 절대 까먹지 않았을 것 같다.

"됐다. 가라."

"예, 쌤!"

꾸벅 인사를 하고 교무실을 나왔다.

'점심 굶게 생겼네.'

내 눈이 이상해 141

교무실을 나와 보니 점심시간이 몇 분 안 남았다.
망할!

*　　　　　*　　　　　*

학생주임 선생은 박동철이 제출한 시험지의 답을 맞혔다.
"빙 선생!"
학생주임이 용 선생을 불렀다.
"예?"
"용 선생이 빙 선생 됐네."
"뭐라고요?"
"농담이야, 농담! 하지만 만점이네. 똥철이가 미쳤네."
학생주임도 어이가 없는지 피식 웃었다.
"정말입니까?"
"쟈, 천재 같은데?"
"정, 정말 만점입니까?"
"그라네요!"
학생주임은 흐뭇하게 웃었다.
"하이고, 월요일에 곡소리 좀 나겠네."
"정말입니까?"
"정말입니다."
학생주임의 말에 용 선생은 멍해졌다가 인상을 찡그렸다.

월요일이 되자 아침부터 학교는 공포 분위기였다.

3학년 1반 교실부터 울려 퍼지던 매 타작 소리가 여기까지 들려왔고, 우리 교실의 첫 빠따는 조명득이었다.

"대라!"

곡괭이 자루를 든 쌤이 조명득을 덤덤한 눈으로 보고 있고, 조명득은 납득이 안 간다는 얼굴로 멍해 있다.

"쌤, 뭔가 잘못된 것 아닙니까?"

조명득은 이미 울상이 되어 있었다.

아니, 교실 안에 있는 모든 학생이 믿어지지 않는다는 눈으로 나와 쌤을 번갈아 봤다.

"뭐가 잘못돼?"

"어떻게 저 똘빡이 전교 1등입니까? 아무리 모의고사가 오지선다형이라고 해도 말이 안 됩니다."

나도 믿어지지 않는데 조명득도, 그리고 나머지 학생들도 믿을 수 없을 것이다.

"1등이믄 1등이제."

"저… 그러면 458대를 맞아야 합니다."

놀라운 것은 30㎝ 줄자로 시험마다 한 번호를 정해서 내려찍은 조명득의 뒤에 42명이 있다는 것이다.

"안다. 나도 이 교실까지 오느라 팔 아파 죽겠다."

"…그래도 저는 성적이 올랐는데요."

포기가 빨라야 출세가 빠르다는 말이 있다. 조명득은 내 성적에 대한 의심을 접고 자신의 성적이 올랐다는 것을 쌤에게 어필했다.

"…그라네."

내 눈이 이상해 143

"예, 쌤! 성적 오른 학생을 때리는 것은 좀 아니라고 봅니다."
"그렇기도 하네."

쌤이 수긍하는 눈빛이 되자 조명득이 안심하는 눈빛으로 변했다.

"그래도 약속은 약속이다. 다음에는 고려해 주께."
"쌤~"
"그 대신에 50대만 맞아라. 팔이 아파서 더는 못 때리겠다."
"쌔에에엠!"
"대라, 마."
"…예."

퍽! 퍽퍽!

"똑다 대라! 잘못 맞으면 허리 나간다!"
"으윽! 쌤, 엄청 아픕니다!"
"아프라고 때리나? 열심히 하라고 때리지. 니도 봐라. 등수가 올랐다."
"…예."

그렇게 학교에서는 곡소리가 끊이지 않고 울려 퍼졌다.
그리고 오늘 온전하게 하교할 사람은 나뿐일 것이다.
놀랍게도 말이다.

퍽!

"으윽! 쌤!"
"아프나?"
"예, 쌤!"
"니가 아프면 내 맘도 아프다."

"쌔에에엠!"

"됐다. 똑디 대라!"

50대에서 더는 에누리가 없었다. 그렇게 조명득은 50대를 맞고 자리로 돌아오면서 내게 눈을 흘겼다.

"봐라!"

쌤이 조명득을 조지고 다른 학생들을 봤다.

"니들은 해도 안 된다고 했재? 해도 안 되는 것은 읍다. 똥칠이가 3일 공부해서 전교… 크흠, 1등이 됐다. 말이 되나?"

"안 됩니다."

"말이 안 되재?"

"예, 쌤!"

"공부하기 싫으면 똥칠이를 봐라. 죽어라 하니까 되잖아."

"쌤!"

그때 조명득이 퉁명스럽게 쌤을 불렀다.

"와?"

"쌤은 저 똘빡이 전교 1등 한 것이 믿어집니까?"

"안 믿어진다."

"조사해 봐야 하는 거 아닙니까?"

"조사?"

"예, 쌤!"

조명득의 말에 모두가 그렇다는 눈빛을 보였다.

"해봤다. 말이 안 되는 일이 일어나는 것이 현실이다. 공부해라. 후회 안 하게 공부해라. 사실 내도 귀신한테 홀린 것 같지만 현실은 현실인기라 커닝한 것도 아니고. 똥철이 쟈가 교무실에서 시험지를 훔쳤을지도 모른다는 생각을 했다."

"그럴 수도 있겠네요, 쌤!"

조명득이 버럭 소리를 질렀다.

"그런데 다른 문제지를 줬는데도 다 풀었다."

순간 쌤의 말에 학생들이 멍해져서 입이 쩍 벌어졌다.

"정, 정말입니까?"

"비싼 밥 묵고 내가 와 거짓말을 하겠나? 그러니까 니들도 공부해라. 세상에 죽기로 하믄 안 되는 것이 없다. 이런 경우를 이제부터 똥칠이의 기적이라고 할 기다. 노력해라. 기적은 너희들의 몫도 된대이."

내 믿을 수 없는 변화가 이제는 쌤이 학생들을 압박하는 도구가 될 것 같다.

"…예, 쌤!"

나머지 학생들이 기어들어 가는 목소리로 대답했다.

"똥칠이!"

"예, 쌤!"

"중간고사에 두고 볼 기다."

"예, 쌤!"

중간고사!

고등학교는 4월, 10월에 중간고사를, 6월, 12월에 기말고사를 치른다. 그리고 마지막 12월에 보는 2학기 기말고사는 수능을 끝내고 본다. 대학 갈 생각이 없는 애들은 수능이 끝났다고 마지막 기말고사에 신경을 쓰지 않고 노는 반면 좋은 대학 갈 애들은 마지막까지 피가 튀도록 공부한다.

"그게 실전이다."
"예, 쌤!"
"내신이 좋아야 서울대 간대이."
쌤의 말에 조명득을 비롯한 나머지 학생들이 멍해졌다. 전교 꼴등인 내가 이제는 서울대를 목표로 정했다는 것이 놀라운 모양이다.
그리고 학교에서는 신조어가 몇 개 생겼다.
노력하는 기적!
똥철이의 기적!
꼴등도 할 수 있는 하찮은 전교 1등!
하여튼 나는 나도 믿을 수 없는 전교 1등을 해버렸다. 그리고 내 공부는 더욱 탄력을 받았고, 놀랍게 우리 학교에 공부 열풍이 불기 시작했다.
꼴등의 전설이 시작된 것이다.
'주먹의 전설에서 공부의 전설이 되겠네.'

*   *   *

"괜찮나?"
책상에 앉지도 서지도 못하고 있는 조명득을 보며 물었다.
"치아라!"
조명득이 내게 이렇게 소리를 지르는 것도 처음이다.
"왜 나한테 화를 내냐?"
"니 때문에 맞은 기지."

"그럼 너도 전교 1등을 하던가?"
"꼴등도 하는 전교 1등?"
"그래, 꼴등도 하는 전교 1등."
"어떻게 한 건데?"
"궁금하나?"
"궁금하지."
"방법은 간단하다. 너도 아는 방법이다."
내 말에 조명득을 비롯한 교실 아이들이 순식간에 나를 봤다.
"뭔데?"
"가만히 앉아서……."
"앉아서?"
"공부하는 거다. 죽겠다는 마음으로 깡으로 공부만 하는 거다."
순간 궁금증이 가득하던 조명득의 눈깔이 사납게 변했다.
"치아라! 확!"
"이게 전교 1등을 치겠네."
내 농담에 조명득이 어이가 없다는 듯 멍해졌다.
"누가 들으면 항상 전교 1등 한 놈인 줄 알겠네."
딩동댕~
그때 교내 방송이 울렸다.
—학생주임이다.
쌤이다. 순간 또 어떤 폭탄선언을 할지도 모른다는 생각이 들었다.
—다음 기말고사에서는 조명득이보다 등수 낮은 놈들은 1등

당 한 대씩이다. 참고로 조명득이 등수는 458등이다. 알겠재?

또 한 번 폭탄선언을 하시는 쌤이다.

―그리고 지금 모의고사 성적에서 등수 떨어지는 놈은 한 등수마다 빠따 한 대씩이다. 알겠재. 야들아~ 공부해라. 전교 꼴등 똘빡도 전교 1등을 한대이.

쌤은 이 상황을 즐기는 것 같았다. 모든 것에는 분위기라는 것이 있다.

학교이니까 면학 분위기 같은 것 말이다.

나로 인해, 아니, 똥칠이의 기적에 의해 면학 분위기가 만들어지고 있었다.

그리고 아이들의 눈동자는 저 양아치이던 꼴통도 공부를 하는데 나도 못할 것이 없다는 눈빛으로 변했다.

―비싼 밥 묵고 똥만 싸지 말고 공부해라! 머스마들은 공부하면 마누라 얼굴이 달라지고, 가스나들은 남편 연봉이 달라진다고 내가 말했재. 공부해라. 그라고 지금 니들이 할 수 있는 거라곤 공부밖에는 없잖아.

"에이이이!"

그 순간 교실에 있던 애들이 연습장을 찢어 교내 방송이 나오는 스피커에 던지며 야유를 퍼부었다.

"똥칠아~ 니 뭐 됐다."

씩 웃는 조명득이다. 아무리 봐도 조명득은 그냥 텅텅은 절대 아니었다.

"왜 웃냐?"

"니가 다음 기말고사에 또 전교 1등을 할 수 있을까?"

내 눈이 이상해 149

"뭐?"

"1등만 떨어져도 한 대다. 100등 떨어지면 백 대고, 꼴등하면 499대! 똑같이 안 때리면 고소할 끼다."

고소가 버릇이 된 모양이다.

"지랄을 해라."

"와? 자신 있나?"

살짝 야리는 눈깔에 기분이 찝찝하다.

"당근이지."

"김문세, 박수만 뻠 때리는 소리 하고 있네. 기적이 자꾸 일어나면 기적이 아니재."

조명득 역시 내 기적을 의심하고 있다.

'대가리는 엄청 좋다니까.'

며칠 동안 느낀 거지만 조명득의 머리는 엄청 좋을 것 같다.

너 고소!

그 일이 있을 때부터 느낀 것이다.

"그러니까 니는 이제 등수 떨어질 일만 남았고 나는 오를 일만 남았다."

"친구가 맞는 것이 좋냐?"

"내 맞을 때 웃던 너는?"

"봤냐?"

나는 피식 웃었다.

"내 맞은 것이 지겨워서라도 공부한다. 니들 다 죽었대이!"

조명득이 버럭 소리를 지르자 몇 명의 아이들이 긴장하는 눈빛을 보였다. 꼴등도 1등을 하는 판인데 458등이 공부하면 어떤 성적이 나올지 아무도 모르는 일이다.

"그래, 공부하자, 공부."

툭!

나는 조명득에게 어린 쌤들이 찍어준 문제 노트를 건넸다.

"이것들 중에 시험에 많이 나온다."

"증말?"

"어브코스!"

"다 죽었어."

학생들이 공부를 열심히 하는 이유는 각각 다를 것이다. 하지만 조명득은 오직 자신의 성적을 올려서 다른 놈들이 쌤에게 맞는 것을 보기 위해서 공부를 하려는 것 같다.

공부 그 자체가 조명득에게는 놀이처럼 보였다.

'저건 커서 뭐가 될까?'

제5장
좋은 쌤, 나쁜 놈

내가 회귀를 한 지 한 달이 지났고, 교실 분위기는 엄청나게 화기애애해졌다. 공부하는 애들이 늘어났고, 떠드는 애들의 목소리의 데시벨이 더 올라갔다.

자유로움?

폭군이었던 과거의 내가 사라지니 교실 분위기가 좋게 변했다.

"공부 좀 하자! 모레가 기말고사다!"

버럭 소리를 지르는 것은 조명득이다.

순간 분위기가 차갑게 변했다.

"니들은 또 엉디에 불이 나려고 그라나!"

물론 조명득이 공부에 미친 것은 절대 아니다.

쌤의 다시 공표한 사항이 조명득이보다 성적이 낮은 놈은 1등당 한 대라고 교내 방송에 말했고, 조명득은 공부를 시작했다.

그래서 물었다.

왜 공부를 하냐고.

자기 때문에 쌤한테 맞아서 곡소리가 나는 애들이 몇이나 늘어나는지가 궁금하다고 조명득이 답했다.

결국 조명득에게는 공부도 장난이었다.

"내가 전교 400등 하면 내 뒤에 100명은 뒤지는 기다."

퍽!

"으윽!"

"시끄러워!"

나는 바로 조명득의 뒤통수를 후려 깠다.

"마!"

"왜?"

"아프다!"

"아프라고 때렸지 살찌라고 때렸겠나?"

"공부한다고, 공부!"

"하세요. 조용히 하세요. 교실 분위기 험악하게 만들지 말고."

"알았대이······."

나는 대답하는 조명득을 보고 피식 웃고는 오득현에게 다가갔다.

"득현아."

오득현도 요즘 쉬지 않고 공부하고 있었다. 오득현은 전교 10등이었는데, 나 때문에 전교 11등으로 밀렸다.

"왜?"

"문제지는?"

내 말에 오득현이 어이가 없다는 눈빛으로 나를 봤다.
"왜? 그런 눈으로 보는데?"
"전교 11등이 전교 1등한테 문제지 서틀을 하는 것이 맞는다고 생각하나?"

진실의 눈 스킬이 없었다면 절대 나는 전교 1등이 아닐 것이다. 아마 전교 350등 정도가 내 실력일 거라는 생각이 들었다.
"운이 좋았다."
"운으로 전교 꼴등이 전교 1등은 못 된다."
"득현아~"
적성에는 안 맞지만 애교를 살짝 떨었다.
"싫다."
"해라!"
순간 나는 목소리를 쫙 깔았다.
"시, 싫다!"
오득현이 살짝 쫄았지만 싫다고 말했다.
"뭐 해주면 되는데?"
그 순간 오득현의 눈동자가 반짝였다.
"뭐 해줄 낀데?"
"뭐 해줄까?"
"매점 가서 빵 사와라."
순간 어이가 없어졌다. 결국 시험지를 받기 위해서 나는 자청해서 빵 셔틀이 되어야 했다.
"빵 셔틀?"
"싫으면 말고."

"사올게."

그리고 결국 나는 열 명의 범생이의 빵 셔틀이 됐다.

뭐 상관없다.

어려도 쌤은 쌤이니까.

웃기지만 아마 몇 십 년이 지난 후 우리가 중년이 되면 오득현은 마산 통 박동철이 내 빵 셔틀이었다고 말할 것이다. 오득현에게는 좋은 추억으로 기억될 것이다.

*　　　　　*　　　　　*

학교 이사장실.

"용 선생!"

근엄한 목소리로 학교 이사장이 앞에 정자세로 서 있는 용 선생을 불렀다.

"예, 이사장님!"

"현철이, 서울대 갈 수 있습니까?"

눈매가 매서운 이사장이다. 그리고 이사장이 말한 현철은 이사장의 아들이다.

"제가 이 학교에서 선생질하는 것은 우리 현철이 서울대 보내기 위해서입니다. 아시잖습니까, 이사장님?"

용 선생이 씩 웃었다.

"지난 모의고사에서 몇 등 떨어졌던데요?"

"예, 현철이 컨디션이 안 좋았던 것 같습니다."

"우리 현철이가 내신이 지금 어떻게 되죠?"

"2등급입니다."

"1등급 아니면 서울대 못 간다면서요?"

"꼭 1등급으로 만들겠습니다. 조금만 더 하면 1등급 될 겁니다."

"꼭 1등급 만드세요. 무슨 수를 써서라도."

"예, 이사장님!"

"용 선생이 말한 것처럼 용 선생은 우리 현철이 서울대 보내려고 이 학교에서 선생질하는 겁니다. 우리 현철이가 서울대에 가면 나중에는 학생주임도 하고 교감, 교장까지 하실 겁니다."

더러운 거래가 이루어지고 있는 순간이다.

"예, 이사장님!"

"무슨 수를 써서라도!"

이사장이 용 선생을 째려봤다.

"예, 채점은 제가 합니다. 걱정 마십시오, 이사장님."

"하하하! 그러니까요. 수학하고 국어만 되면 되죠."

용 선생의 과목은 영어였다.

사실 국영수만 되면 등수와 내신을 올리는 것은 아무 문제도 없을 것이다.

"이사장님, 그런데 말입니다……."

용 선생이 살짝 인상을 찡그렸다.

"왜요? 무슨 문제 있습니까?"

"국어는 어떻게 되겠는데, 수학이 좀 그렇습니다."

"수학?"

"예."

"수학이면 3학년 학생주임 과목 아닙니까?"

"예, 워낙 꽉 막혀서……."

"그래서요?"

"말이 안 통합니다. 말을 하면 난리가 날 것 같고……."

"싫으면 옷 벗어야지."

이사장이 인상을 찡그렸다.

"용 선생이 구실을 만들어요. 어떻게든."

"예, 이사장님! 그럼 저는 이만 나가보겠습니다."

용 선생이 묵례를 하고 돌아서서 씩 웃었다. 정말 그 미소가 더럽기 짝이 없었다.

* * *

용 선생은 이사장실에서 나오면서 어깨가 으슥해졌다.

"그래, 이렇게 쭉쭉 뻗어 나가는 거지."

씩 웃는 용 선생이다. 그리고 야간 자율학습을 감독하기 위해 고3 여학생 반들이 있는 복도로 향하다가 학생주임과 마주쳤다.

"오늘 야자 끝나고 소주 한잔하지 않겠심까?"

"소주요?"

"예, 쌤!"

"쌤?"

"저한테도 쌤은 쌤이죠."

"그랬죠. 그런데 그때 한 말을 또 하실 거라면 소주 같이 마실 일 없습니다."

학생주임이 인상을 찡그렸다.

"죄송해서요. 이사장님이 하도……."

"…압박을 받겠지."

학생주임이 잠시 용 선생을 봤다.

"그러자고. 내 제자 용봉철이가 받아주는 술 한잔 묵으야제. 오늘은 야자라서 너무 늦었고, 내일 어때?"

"예, 쌤!"

"수고해요."

그렇게 용 선생과 학생주임은 술 약속을 잡았다.

용 선생이 남학생 반 쪽으로 걸어가는 학생주임의 뒷모습을 보며 야릇한 미소를 보였다.

용 선생이 학생주임을 눈엣가시처럼 여기는 것은 자신의 은밀한 제안을 단칼에 거절했기 때문이다. 그리고 그 사실이 마음에 걸리기도 했다.

"찝찝한 것은 질색이거든."

*   *   *

최은희의 교실.

저녁 8시가 되자 공부할 애들은 공부를 하고 놀 애들은 놀기 시작했다. 물론 조용한 분위기에서 각자의 일을 한다.

그리고 최은희는 공부에 별로 관심이 없는지 연습장에 낙서 비슷한 스케치를 하고 있었다.

사실 최은희는 공부에는 별 관심이 없었다.

그림 그리는 것을 좋아했고, 특히 의상디자이너처럼 옷을 그리는 것을 좋아했다.

탁!

"아앗!"

용 선생이다.

"너는 야자 시간에 낙서나 하고 있냐?"

"……."

"쯧쯧! 이래도 얼굴이 반반하니 시집은 잘 가겠지."

툭툭! 투우욱!

"니 커서 뭐 될래? 다 큰 건가? 다 컸네."

선생이 학생을 지도하면서 들고 다니는 작은 막대기로 여학생의 가슴 쪽을 꾹꾹 누른다는 것은 지도가 아니라 지위를 이용한 성희롱이 분명했다.

하지만 뭐라고 해도 달라질 것은 없었다. 용 선생은 이사장의 든든한 지원을 받고 있으니까.

"쑥쑥 들어가는 것이 시집은 잘 가겠네. 쯧쯧쯧!"

분명 누가 들어도 성희롱이다. 하지만 뭐라고 할 수 있는 학생은 아무도 없었다. 용 선생한테 찍히면 학교생활이 힘들어진다는 것을 모르는 여학생이 없었다.

"오미선!"

"예, 선생님!"

"진학 상담해야 하니까 따라와."

"예, 선생님!"

용 선생에게 호명을 받은 오미선이 인상을 찡그리며 일어났다.

"그렇지. 여자애들이 공부해서 뭐 하냐? 예뻐야지. 앉아서 하던 거나 해라~"

꾸우욱!

다시 한 번 용 선생이 최은희의 가슴 부위를 꾹 누르자 최은희가 인상을 찡그렸다. 그리고 용 선생과 오미선은 교실 밖으로 나갔다.

"저건 개새끼라니까. 그나저나 미선이는 봉철이한테 무슨 꼬투리를 잡힌 거지?"

용 선생이 밖으로 나가자 최은희에게 친구 하나가 다가와 말했다.

"몇 개월만 참으면 돼."

"조심해. 개새끼한테 꼬투리 잡히면 미선이 짝 나는 거 알지?"

뭔가에 대한 소문이 있는 모양이다. 그리고 용봉철 선생은 여학생들에게 껄떡대는 걸로 유명했다.

"괜한 소문 퍼뜨리지 마."

"소문이 아니라 사실이라니까. 저래도 성적은 쭉쭉 오르잖아. 봉철이한테 잘 보인 여자 선배들은 다 서울에 있는 대학 갔다더라. 서로 원하는 것을 주고받고."

"네가 봤어?"

"소문이 쫙~"

"그래도!"

"알았다고, 이년아! 그런데 뭐 그리다가 걸렸는데?"

"보면 아니?"

최은희는 친구를 보며 피식 웃고는 다시 스케치에 열중했다.

좋은 쌤, 나쁜 놈

　　　　　＊　　　　＊　　　　＊

"왜 또 찾으신대? 쩝!"

공부하기 바빠 죽겠는데 쌤이 다시 나를 찾았다.

"여긴 지나갈 때마다 으스스하다니까."

3학년 교실은 4층이다.

1층에는 교무실과 이사장실을 비롯한 원무과 등이 있고, 2층에는 1학년 교실, 2층에는 2학년 교실이, 3층은 음악실부터 예절수련실, 과학 연구실과 자습실을 비롯한 시설이 있고, 각 층 계단 쪽 모퉁이에는 공중전화가 한 대씩 설치되어 있다.

그리고 4층이 3학년 교실이다.

이건 좀 더 조용한 분위기에서 공부에 열중할 수 있게 만들어 놓은 배치일 것이다. 일과 시간이 끝나면 3층 교실 및 실습실은 불이 꺼진다.

"귀신이 나올 것 같다니까."

3층으로 내려오자마자 으스스하다. 불 꺼진 복도가 음침하기까지 한데 복도 끝쯤에 불이 켜져 있어서 다른 날보다는 좀 괜찮은 것 같다.

"여고괴담이나 학교괴담이 괜히 있는 것이 아니라니까."

따르릉~ 따르릉~

그때 또 계단 공간에 설치되어 있는 공중전화가 울렸다.

"또 뭐야?"

따르릉~ 따르릉~

공중전화가 울리는 것만으로도 신기하지만 나에게는 저 울림이 특별하다.

딸칵!

"여, 여보세요?"

—**선택의 순간입니다.**

또다.

이런 전화를 받고 나면 반드시 무슨 일이 일어난다.

—**불의를 보고 외면한다면 1번, 불의를 보고 맞서겠다면 2번을 선택하십시오.**

내 목표는 검사, 당연히 2번이다.

"2번!"

뚝!

"뭐지?"

* * *

용 선생과 오미선이 향한 곳은 진학 상담실이 아닌 과학 실습실이었다.

"준 문제는 다 외웠지?"

용 선생의 손이 오미선의 허벅지를 더듬으며 조용히 말했다. 순간 오미선의 표정이 살짝 굳어졌다가 자포자기의 표정으로 변했다.

"…예."

"살짝."

용 선생이 오미선의 다리를 살짝 벌리고 조금 더 깊은 곳으로 손을 넣었다.

"그리고 부탁이 하나 있는데……."

"예?"

"우리 미선이는 나를 위해서 충분히 해줄 수 있을 것 같은데……."

"…뭔데요?"

"우리 학생주임 선생님 있잖아."

용 선생의 입에서 학생주임이 나오자 오미선의 표정이 굳어졌다.

"그, 그런데요?"

"친구들 불러서 사진 몇 장 찍어 교육청에 보내면 될 것 같은데……."

용 선생의 표정이 악마로 변하는 순간이다. 그리고 그의 손은 더욱 악마로 변하고 있었다.

"그때 일은 잊어주시기로……."

표정이 굳어진 오미선이다.

"나야 잊었지. 하지만 이사장님께서 아셨네. 어떻게 아셨는지는 모르겠지만 알다시피 밝혀지면 넌 퇴학인 거 알지? 혹시 너, 이사장님이랑도 친하니?"

친하다는 말의 뉘앙스가 이상하다.

"아, 아니요. 저 퇴학당하면 안 돼요."

"내가 막아줄게. 무사히 졸업해야지. 성적도 2등급이면 서울에 있는 대학 갈 수 있잖아. 내가 교장 선생님께 잘 말씀드려서 교장 추천서도 받아줄 거고. 그러니까 공부도 잘하던 애가 왜 그랬어?"

용 선생의 말에 오미선이 지그시 입술을 깨물었다.

"하지만 쌤은 선생님이랑 달라서……."

"학생주임은 쌤이고 나는 선생님이네?"

이 학교에서 쌤은 그 단어 자체로 존경이었다. 무지막지하게 애들을 때리는 선생이지만 누구 하나 교내 폭력으로 신고하는 학생이 없었다. 쌤의 진심을 학생도 알고 있는 것이다.

"그게 아니고요. 방법이 없잖아요."

"방법은 내가 만들어줄 테니까 그건 걱정하지 말고. 너는 그때처럼… 알지?"

"…예."

그저 오미선은 지그시 입술만 깨물 뿐이다.

용 선생의 손길이 오미선의 가슴 쪽으로 향했다.

불 꺼진 과학 실험실에 악마가 있었다.

"가만히 있으면 성적도 쑥쑥 올라가요. 크흐흐!"

*　　　　*　　　　*

과학 실습실 복도.

"너 프로잖아. 그걸로 돈도 좀 벌었고."

ARS가 왜 내게 신호를 보냈는지 알 것 같다. 그리고 몰래 이 광경을 지켜보고도 믿어지지 않았다. 쌤들 중에 개새끼도 있다는 것을 알았다.

그리고 나는 지금 조심히 용 선생이 하는 짓거리를 훔쳐보고 있다. 용 선생의 뒷모습만 보였지만 용 선생이 분명했다. 그리고 지금 놈의 손이 여학생의 상의 속으로 들어가고 있다.

"가만히 있으면 성적도 쑥쑥 올라가요. 흐흐흐! 그리고 니들이 말하는 쌤만 없으면 내가 학생주임이야."

"선생님, 제, 제발……!"

"내일 내가 다 준비해 놓을 테니까. 알았지?"

"그래도… 그만, 그만요. 제, 제발……."

"아다도 아닌 게 왜 빼?"

'내일? 뭔가 있다.'

당장에라도 과학 실습실 문을 열고 들어가서 아구창을 날려 버리고 싶다.

하지만 그러면 안 된다.

나는 아직은 학생이고 저 개새끼는 무엄하게도 스승이라는 감투를 쓰고 있으니 말이다. 그리고 발뺌하면 그만이다.

원래 세상이 다 그런 것이다.

하지만 그렇다고 해서 그냥 지나칠 수도 없는 일이다. 쌤이 거론되고 있다

그리고 또 이게 대놓고 선생이 학생을 강간하는 순간은 아닌 것 같다.

"선생님, 제, 제발……."

"아다도 아닌 게 왜 자꾸 빼는 거야?"

그런데 그렇다고 선생과 학생의 묘한 불륜도 아닌 것 같다. 당하고 있는 여학생의 목소리에서 그만해 달라는 간절함이 느껴졌다.

'뭔가 있는 것 같은데.'

나는 천천히 뒤로 물러났다.

'쌤한테 무슨 짓을 꾸미고 있어."

사람은 촉이라는 것이 있다. 내 촉이 움직이고 있다. 그리고 이 순간 저 여학생이 이 상황에서 빠져나갈 수 있게 만들어줘야 한다.

"선생님! 시, 싫어요!"

분명 싫다고 말했다. 여자가 싫으면 싫은 것이다. 그것을 좋은 걸로 착각하는 개새끼들이 있다. 하지만 여자가 싫다고 하는 것은 그냥 싫은 것이고 멈춰야 한다.

'누굴까?'

남자는 분명 용봉철, 그 개새끼다. 하지만 여학생이 누군지 모르겠다.

'우선 저 더러운 상황부터 정리하고.'

나는 조심스럽게 문이 열려 있는 음악 실습실로 들어가서 의자 하나를 들고 나와 힘껏 과학 실습실 창문을 향해 던졌다.

그냥 모른 척할 수는 없었다.

그리고 쌤과도 관련이 있는 것 같다. 하지만 우선은 저 여자애부터 어떻게 해줘야 할 것 같았다.

쉬웅!

와장창창!

다다닥! 다다닥!

창문이 깨지는 순간 나는 복도 끝을 향해 뛰었다.

'개새끼, 그냥 안 둔다.'

좋은 쌤, 나쁜 놈 169

"까아악!"
여자애의 비명 소리가 들렸다.
"뭐야?"
버럭 소리를 지르는 개새끼의 목소리가 뒤를 이었다.
"어떤 새끼야!"
용봉철이 갑자기 창문이 깨지자 놀란 것 같았다. 하지만 놀랄 일은 이제부터일 것이다.
역시 내 꿈이 검사지만 법보다는 주먹이 가까운 세상인 모양이다.
특히 학교는 더 그렇다.
가장 폐쇄적인 곳 중 하나이다.
그리고 기억을 더듬어보니 그런 망할 새끼가 선생으로 있던 것 같다. 지금 그게 용봉철이라는 것이 떠올랐다.
'최은희를 만나 봐야겠네.'
용 선생은 주로 여자 3학년을 담당한다. 그러니 어떤 일들이 있었는지 알아봐야겠다는 생각이 들었다.
'소문에서 꼬리를 잡는다.'

*   *   *

야자가 끝나자마자 교문으로 뛰었다.
"와 뛰노?"
내 다급함에 조명득이가 따라 뛰며 물었다.
"닥치고 뛰어!"

"내가 니 시다바리가?"
"조수!"
"뭐?"
"뛰어난 조수."
"어감이 별로인데?"
"명탐정 셜록 홈스한테는 닥터 왓슨이 있잖아."
쌤이 던져준 책에서 읽었다.
"하여튼 따라와."
"시다바리라는 것은 똑같잖아."

*   *   *

교문 앞.
저기 최은희가 걸어오고 있다. 밤인데도 빛이 난다. 한 달 동안 최은희와 나는 특별한 일이 없었다. 그럭저럭 나는 최은희에 대해 소문만 들었다. 물론 내 소문은 안 들으려고 해도 들을 수밖에 없었을 것이다.
분명한 것은 공부 잘하는 모범생은 아닌 것 같았다. 그렇다고 해서 발랑 까진 날라리도 아닌 것 같고.
좀 아웃사이더 같은 느낌이다. 그리고 사실 얼굴도 저렇게 예쁜 애가 공부까지 잘하면 불공평한 일이다.
"온다. 정말 우월한 기럭지라니까. 몸매 죽인다."
조명득의 장난기 가득한 말투에 나도 모르게 조명득을 째려봤다.

"알았다. 그래, 니 꺼다. 예비사위님이시잖아."
"그만 좀 해라."
"알았다. 치겠다? 킥킥킥!"
아마 조명득처럼 자기 재미에 사는 애들은 마냥 인생이 행복할 것이다. 행복은 성적순이 아니니까.
"저기!"
최은희가 교문을 지나가려고 할 때 나는 앞을 막아섰다.
"너는?"
최은희는 살짝 놀란 눈빛이다.
"이야기 좀 하고 싶은데."
"이야기?"
"응."
내 말에 최은희가 나를 잠시 봤다.
"그러지, 뭐."

     *   *   *

한적한 공원.
"용봉철이, 개새끼지?"
나는 최은희에게 용봉철에 대해 물었다. 이제 그 새끼는 나한테 선생도 아니었다. 그리고 최은희도 나와 같은 의견을 가지고 있었다.
"여학생들한테 껄떡거린다던데 당한 애들이 있지?"
묻고 싶던 말이 차마 입에서 나오지 않았는데 조명득이 먼저 꺼냈다.

'조수 역할 톡톡히 하네.'

이럴 때는 저 오지랖과 장난기가 고맙다.

"왜 궁금한데?"

최은희가 조명득을 보다가 나를 보며 물었다.

"어젯밤에 과학 실습실에서 안 좋은 꼴을 봤거든."

"안 좋은 꼴?"

최은희는 모르겠다는 표정을 지었다가 살짝 인상을 찡그렸다.

'뭔가 아는 것이 있네.'

조폭일 때 검찰이나 경찰에 가서 수사를 받을 때 증거가 없을 경우 검사나 경찰은 엉뚱한 것을 툭 던져놓고 내 표정 끝자락에서 뭔가를 캐치해 내려고 했다. 딱 지금이 그런 상황이다.

"왜?"

"쌤이랑 연관되어 있는 것 같아서."

"쌤이랑?"

최은희는 이해가 안 된다는 눈빛을 보였다.

"정확하게는 모르지만 뭔가 있어. 아는 것이 있으면 뭐든 좋으니까 알려줘."

"왜 나서려는데? 너 공부만 한다며?"

"쌤의 일이잖아."

"하늘 끝처럼 넓은 오지랖이네."

"휴우~"

그때 조명득이 담배를 꺼내 불을 붙이고 한 모금 길게 빨아 뿜어냈다.

으슥한 공원!

남자 둘에 여자 하나, 그리고 담배까지 피우는 놈.

딱 불량 서클처럼 보일 것이다.

하지만 뭐라고 할 수는 없다. 내가 담배를 끊었다고 저것까지 못 피우게 할 수는 없었다.

"아는 거 있지? 사실 용봉철 개새끼한테 어떤 여자애 하나가 당하는 것을 봤어."

"설마 과학실 유리창에 의자 집어 던진 게 너야?"

벌써 소문이 여학생 교실까지 퍼진 모양이다.

"혹시 그 여자애가 누군지 아니?"

"어떻게 하려고?"

최은희가 걱정스러운 표정으로 내게 물었다.

"뭉개 버려야지."

내 말에 최은희가 나를 빤히 봤다.

"오미선!"

"오미선?"

"확실하지는 않지만 네가 구해준 애가 오미선이야."

내게 구해졌다고 말하는 것을 보니 최은희도 어느 정도 여학생에 대한 용봉철 그 개새끼의 성폭행에 대해 알고 있는 것 같다.

"고마워."

"그래도 소용없어. 학교에 찔러봐야 아무 일도 없어."

사실 폭력과 성추행에 관대한 면이 있는 곳이 학교이다. 선생님들의 폭력은 지도라는 단어로 탈바꿈하고 성추행은 귀여워서 쓰다듬어준 것이라고 하면 그만이다.

그러니 용봉철을 묵사발을 만들기 위해서는 다른 방법이 필요했다.

"기냥 가면 쓰고 으쓱한 곳에서 조지뻐라."

딱 조명득다운 생각이다.

'저건 천재였다가도 또 바보가 되네.'

나는 그런 생각을 하면서 조명득을 째려봤다.

"가만히 좀 있지?"

"알았다."

"은희야."

"왜?"

"부탁이 있는데……."

"뭔데?"

"내일 점심때 오미선 좀 만나게 해줄 수 있을까?"

"뭐라고 하게?"

"걔가 다 불면 되는 거 아닌가?"

조명득은 지금 바보 상태이다.

"걔는 절대 아무 말도 안 할 거야."

맞는 말이다. 성추행이나 강간은 가해자가 떠벌리는 경우는 있어도 피해자가 신고하거나 다른 사람에게 말하는 경우는 거의 없었다.

아직까진 피해를 당해도 죄인 취급 받는 세상이니까.

"아무 말도 안 해도 돼. 궁금한 것만 물어보고 명득이랑 나랑 다 알아서 할게."

"내가 와?"
"우린 파트너잖아."
"시다바리라며?"
"야!"
나도 모르게 버럭 소리를 질렀다.
"하이고, 알았대이! 조수! 조수!"
늑대가 이빨은 숨겨도 눈빛까지는 숨길 수 없다.
"알았어. 말은 해볼게."

제6장
사회 통념을 이용한 응징

최은희의 도움으로 점심시간에 오미선과 만나기로 했다.

"내일이 기말고사인데 너도 참 별것에 다 참견한다."

그러고 보니 그렇다. 내일이 바로 기말고사다. 어떤 면에서 내게는 가장 중요한 시간일 것이다. 사실 나는 1, 2학년의 내신이 꼴찌 등급이다. 그러니 3학년 때 진실의 눈 스킬을 통해 1등급으로 끌어올려도 2등급 이상은 되지 못할 것이다. 그러니 죽자고 공부해도 모자랄 할 시점인데 이러고 있다.

"쌤 일이잖아."

"그렇기는 하지. 니 말이 사실이라면 개새끼다."

"쌤이 학교에 계셔야 우리 같은 것들도 어쩌다 한 번씩은 구제를 받지."

"어쩌다 한 번?"

사회 통념을 이용한 응징 179

조명득이 피식 웃었다. 내색은 안 했지만 조명득도 요즘 공부에 재미를 붙였다. 물론 추구하는 목표는 나와는 확실히 다르지만 어찌 되었든 공부를 하기 시작한 조명득이다.

"개똥 같은 이야기는 나중에 하고 다른 애들을 옥상으로 못 올라오게 해!"

"망을 보라고?"

조명득이 살짝 싫은 내색을 했다.

"명득아!"

"왜에에~ 와 그런 눈으로 보고 그라노?"

"우리 정의로 한번 뭉쳐보자. 우리 학교는 우리가 지켜야지."

"치아라! 니는 슈퍼 히어로고 나는 조수고?"

말투의 뉘앙스가 묘하다.

"그건 말이 그렇다는 거지."

"알았다. 잘 구슬리 봐라. 우리 편 해주기 쉽지 않을 것 같네."

나 역시 그럴 것이라 생각하고 있다.

그냥 강제로 당하기만 하는 것은 아닐 테니까.

분명 주고받는 것이 있을 것이라 생각했다.

"그렇지."

"가가 공부 좀 한다더라. 특히 영어."

무슨 말을 하려는지 감이 왔다.

"응."

그때 최은희가 학교 옥상으로 향하는 계단으로 올라왔다.

혼자다.

'안 오나?'

같이 올 것이라고 생각했는데 혼자 왔다.

"미선이는?"

"간다고 했는데……."

살짝 불길한 예감이 들었다. 약속 장소가 옥상이라서 서늘한 기분이 들었다.

"알았어."

나는 두말하지 않고 문을 열고 옥상으로 뛰어 들어갔다.

"뭐야, 저거?"

옥상 난간에 기대어 한 여학생이 아래를 내려다보고 있다.

'쟤가 오미선?'

만나기로 한 상황이 아니었다면 옥상 난간을 밟고 뛰어내릴 것 같은 느낌이 드는 순간이다. 몸을 살짝만 앞으로 기울이면 떨어질 것 같다.

"미선아."

나는 차분히 오미선을 불렀고, 그때 바람이 살짝 불어왔다.

오미선이 때를 맞춰 고개를 돌렸다. 살짝 날리는 머리카락에 조금은 슬퍼 보이는 눈을 가진 아이였다.

"…여기 참 높다."

여기 참 높다는 오미선의 말이 내게는 '도와 달라' 또는 '살려 달라'로 들렸다. 울지도, 인상을 찡그리지도 않고 있는데 눈빛이 서글퍼 보인다.

"그래서 바람이 시원하잖아."

"너 담배 피우니?"

혹시나 해서 가지고 왔다. 물론 나는 담배는 끊었지만 이야기가 길어지면 담배라도 같이 피울 생각도 있다.

"피우지."

"하나만 줄래?"

바로 오미선에게 담배를 건네고 불을 붙여줬다.

폼 잡으려고 피우는 입담배가 아닌 진짜 담배를 피우는 오미선이다. 이 모습을 통해 오미선이 그냥 평범한 학생은 아니라는 것을 알게 됐다.

"왜 보자고 했어?"

말을 조심해야겠다는 생각이 들었다.

내 몇 마디가 상처에 상처를 더할 수도 있다는 생각이 들었고, 지금이 딱 오미선의 인내심의 끝이라는 생각도 들었다.

직접적인 표현은 하지 않았지만 오미선의 인내심이 얼마 남지 않은 것 같이 느껴졌다.

"어제……"

"어제 뭐?"

"들었어. 너라는 거."

'응'이라고 하면 어제 일을 다 본 것이 된다. 결코 누구에게도 보여주고 싶지 않은 일일 터이다. 쌤의 말처럼 기억에서 지우고 흘려보낼 것은 흘려보내면 된다.

"휴우……"

길게 뿜어내는 연기가 하늘로 향했고, 그 연기를 따라 오미선의 영혼이 하늘로 향하는 느낌이 들었다.

만약 오늘 내가 오미선을 불러내지 않았다면 어쩌면 오미선은 혼자 이곳으로 향했을지도 모른다는 생각이 들었다.

'용봉철 이 개새끼!'

그 새끼는 선생도 아니었다. 아니, 인간도 아닌 놈이다.

용봉철 그 개새끼는 저 여린 아이에게 어른으로 해서는 안 될 짓을 했다. 어른들의 추악함이 여린 아이의 영혼을 파괴했다.

"나는 꿈을 꾼다. 가끔은 악몽도 꾸고 좋은 꿈도 꾼다. 하지만 깨고 나면 아무것도 아니야. 꿈이니까."

무슨 말을 해야 할지 몰라 개소리만 늘어 놓았다.

"나는 눈을 떠도 악몽이 보여."

"나도 그랬어."

"그래서 왔어. 너도 양아치였잖아."

이 말을 통해 오미선 스스로 변하고 싶다는 의지가 있다는 것을 느끼는 순간, 오미선은 눈물 한 방울을 떨어뜨렸다.

"말해줄래?"

"뭘?"

"그 개새끼가 쌤을 노린다는 거 알아."

"그것도 들었네."

"으응."

"용봉철이는 아무도 못 막아. 그 누구도… 이 학교에서는 못 건드려."

대략적으로 파악했다. 아이들을 통해 떠도는 소문을 모았다. 꽤 많은 성희롱 사건에 휘말렸지만 누구도 끝까지 가지 못했다. 그리고 시험 부정까지 저질렀다는 소문도 돌았다. 그런 소문을 아이들까지 아는데 문제시하지 않는다는 것은 이사장과 연관이 있기 때문일 확률이 컸다.

사회 통념을 이용한 응징

그리고 문현철이라는 아이가 이사장의 아들이라는 것과 문현철의 내신 성적을 조작하면서 이사장의 비호를 받고 있다는 것까지 알아냈다.

"학교가 그 새끼 나와바리면 나는 학교 밖에서 움직이면 돼. 깡으로 간다. 그러니까 말해줘."

"깡으로?"

"깡으로 살았거든."

내 말에 오미선이 나를 빤히 보는데 입술이 파르르 떨리고 있다. 머리로는 내게 모든 추악한 진실을 말하고 싶지만 입이 막고 있다는 생각이 들었다.

"뭐가 달라지는데?"

"쌤이 다 쌤은 아니잖아. 쌤은 이 학교에서 딱 한 분이시다. 우리 같은 거 봐주시는 쌤은 그 쌤뿐이야. 그 쌤이 학교에 계속 계시면 나 같은 것들 하나라도 더 사람 만들지."

"그럼 나는?"

"오늘이 힘들면 내일까지 힘들어. 아니, 내일은 죽을 것 같이 아프겠지. 시간이 흐른다고 그게 잊힐 것 같아? 천만에!"

"그러면……?"

"그렇기 때문에 우리의 손으로 바꿔야 해. 오늘을 어제의 우리가 보낸 오늘이 아니라 우리가 만드는 오늘로."

나는 오미선을 뚫어지게 봤다. 이제는 결심을 할 순간인 것이다.

"너, 원조교제라는 거 알아?"

맞다.

처음 원조교제라는 말이 나오기 시작할 때가 이맘때쯤일 것이다. 나는 그렇게 기억하고 있었다.

"대충."

그리고 떨리던 오미선의 입술을 통해 용봉철이 꾸민 모든 음모에 대해 알게 됐다. 그리고 결국 이번 일에 이사장도 연결되어 있을 거라는 생각이 들었다.

"돈이 필요했어. 그냥 돈만 들고 튈 생각이었는데 개새끼한테 걸린 거야."

"협박을 당했구나."

"만약 내가 학교에서 퇴학당하면……."

뒷말은 하지 않았지만 여기서 뛰어내려 저 위로 올라갈 거라고 말하는 것 같은 눈빛이다.

"그 개새끼만 찍어낼 거야."

"가능할까? 무슨 수로?"

사실 옛날 같으면 으슥한 골목에서 사시미로 담갔을 것이다. 그게 가장 간단할 방법이다. 하지만 지금은 그럴 수가 없다. 나는 이제 조폭도 아니고 학생이니까.

하지만 그냥 둘 수는 없었다. 오미선이 참고 견뎌서 졸업을 한다고 해도 훗날 또 다른 오미선이 나오지 말라는 법은 없으니 말이다.

그리고 그 개새끼의 목표가 쌤이기에 그냥 둘 수 없었다. 쌤 같은 쌤이 이 학교에 한 명쯤은 있어야 했다. 조명득이한테 말한 것처럼 가끔은 구제 받는 것들도 있어야 하니까.

"안 되면 그 새낄 병신 만들고 이 학교 뜨면 그만이야."

"왜?"

"쌤이 아니었으면 나는 원래 양아치였잖아. 손해 보는 장사는 아니거든."

"왜 그렇게까지 생각하는데?"

"내가 이름을 불러주는 순간 나에게로 와서 꽃이 된다더라. 나에게는 그 이름을 불러준 어느 시인이 나를 사람으로, 학생으로 봐주신 쌤이니까."

물론 쌤이 던져 준 시집에서 본 어느 시에 나온 내용이다. 하지만 사람 되라고 그렇게 봐주신 것은 내 인생에서 지금도 미래에서도 쌤뿐이다. 그러니 쌤은 학교에 남아야 했다.

"내가 도울 수 있는 것은 여기까지야. 은하수 모텔이라고 있어. 거기 306호야. 개새끼가 제일 좋아하는 곳이지. 아마 그곳에서 쌤을 함정에 빠뜨릴 생각을 하고 있겠지. 막는 방법은 알아서 해. 나는 어쩔 수 없어."

"미선아."

"응."

"내일부터는 좀 더 다른 꿈을 꾸게 될 거야. 눈을 뜨고도."

"내가 그럴 수 있을까?"

"내일이면 알겠지."

"나 여기 있으면 자꾸 뛰어내리고 싶어진다."

"그 생각도 오늘이 마지막일 거야."

"정말 그럴까? 이 늦은 봄이 기네."

오미선이 나를 보며 피식 웃었다. 하지만 그녀의 눈빛에선 꼭 그렇게 되었으면 좋겠다는 간절함이 느껴졌다.

'내가 그렇게 만든다.'

*   *   *

교실.

쥐새끼를 잡으려면 쥐구멍 앞에 쥐덫을 놓으면 된다. 이제부터 쥐새끼는 용봉철이고 쥐구멍은 은하수 모텔 앞이다.

내가 조폭일 때 깡으로만 살았지만 깡다구를 부리기 전에 수십 번도 더 머릿속으로 상황을 그리고 내가 상대라면 어떻게 나올지 고민했다.

지금도 마찬가지다.

내가 그 쥐새끼라면 어떻게 할까?

놈의 음모가 어떤 것인지는 짐작이 됐다. 분명 쌤이 목표가 된 것은 이사장의 아들인 문현철의 내신 조작에 동참하지 않았기 때문일 것이 분명했다. 그렇기 때문에 시간이 지날수록 학교 이사회는 쌤을 처리하기 위해 더 미쳐 날뛸 것이다.

은하수 모텔 306호.

아마 쥐새끼는 그곳에서 선생이 제자와 원조교제를 하는 장면을 찍으러 들 것이고, 교육청이든 쥐새끼의 배경이 되어주는 이사장에게든 넘길 것이다. 그럼 다 알아서 정리될 것이다. 그 사실을 알게 된 학부모회나 동문회에서도 난리가 날 것이다. 결국 쌤은 옷을 벗어야 할 것이고, 참 스승 한 분이 사라진다.

용봉철의 음모에 모두가 칼춤을 추는 꼴이다.

'개새끼가 쌤을 모텔로 집어넣으려면……'

용봉철의 입장에서는 쌤이 온전한 정신이 아니어야 일이 쉬울 것이다.
 그럼 용봉철 그 개새끼도 그래야 한다. 이 순간 머리가 터질 것 같다. 결론은 정해졌는데 그 결론으로 향하게 만들 과정이 그려지지 않는다.
 '확 뒤치기를 해서 산에 묻어?'
 가장 쉬운 방법이다. 참 독하게 살던 미래의 나는 이런 경우 가장 간단하게 아무도 모르게 납치해서 산에 묻었다.
 '아 머리가 터지겠다.'
 문제는 쥐구멍 앞에서 쥐를 기다리다가 쥐를 기절시킬 방법으로 무엇을 사용하느냐는 것이다. 그리고 또 어떻게 그 시간에 조퇴를 하느냐이다.
 '누나한테 마취제를 달라고 해볼까?'
 말을 꺼내자마자 아버지한테 일러바칠 것이 분명했다. 그리고 누나를 설득시킬 시간도 없다.
 '뭐, 마취나 기절이나!'
 뒤에서 후려 까면 된다. 문제는 깠는데 기절하지 않으면 뭐가 될 것 같다.
 "뭘 그렇게 고민하노?"
 조명득이 장난기 가득한 눈빛으로 내게 물었다. 조명득은 요즘 내가 고민하는 것을 즐기는 것 같다.
 "문제는 도구인데……."
 "확 대가리를 쪼사믄 안 되나?"
 조명득도 대략적인 것은 다 알고 있다. 어찌 되었든 이번 내

시나리오의 주연은 용봉철이고, 멋진 조연은 조명득이니 말이다. 물론 거기까지는 말해주지 않았다.

"응. 잘못 후려 깠다가 기절 못 시키면 일이 틀어져."

놈이 내 얼굴이라도 본다면 바로 퇴학이다.

물론 이 위기에서 쌤만 구해내는 것은 일도 아니다. 모텔 앞에서 기다렸다가 우연을 가장해 쌤을 부축해 나오면 임시방편은 된다. 하지만 한번 나쁜 마음을 먹은 개새끼는 다음에도 일을 꾸민다. 그리고 오미선을 더욱 힘들게 할 것이고.

그러니 오늘 엔딩까지 찍어야 한다.

"마취제를 구해야 해. 조퇴할 구실도 만들어야 하고."

"그게 뭐가 어려운데?"

"그럼 쉬워?"

조명득의 눈빛이 다시 반짝였다. 빙신 모드에서 천재 모드로 바뀌는 순간이다.

"쉽다. 니가 몰라서 그렇지, 과학 실습실에 웬만한 건 다 있다. 알았나, 이 빙다리 핫바지야!"

"넌!"

나는 조명득을 뚫어지게 봤다.

"와아?"

살짝 쫀 것 같다.

"…천재다."

내 칭찬에 조명득이 씩 웃었다.

"이제 알았나. 히히히!"

칭찬은 고래도 춤추게 하는 것이 맞았다.

사회 통념을 이용한 응징 189

"그럼 조퇴는?"

"근데 꼭 조퇴할 필요 있나? 그냥 토끼면 되지."

"내일 엉덩이한테 미안하지 않을까?"

내 말에 조명득이 인상을 찡그렸다. 쌤이 공표를 했다. 나와 조명득이는 야자 토끼면 빠따 50대라고. 그리고 시험 당일 컨디션 망치게 빠따를 맞고 시작할 수는 없었다.

"그러네. 그럼 빨간 수성펜 하나 가지고 온나."

"그런데 빨간색 수성펜으로 뭐 하게?"

"이게 조퇴하는데 직방이다. 우리 담임은, 흐흐, 초짜잖아."

사실 우리 담임선생님은 2년 차다. 그래서 애들의 꼼수가 꽤 잘 통한다.

"그래서?"

"우선은 사인펜의 심지를 뽑는다."

"뽑아서?"

조명득의 조퇴 작전 강의가 시작되는 순간이다.

"눈깔 크게 뜨라."

"왜?"

"크게 뜨라고."

눈을 크게 뜨라니 떴다.

"가만있으라."

"뭐 하게?"

"가만있으라고."

조명득이 빨간 수성펜 심지를 내 눈동자 동공에 찍었다.

"앗!"

"참아라."
"뭐 하는 거야?"
"가서 거울 봐라."
조명득이 씩 웃는다.
그리고 나는 거울을 봤다.
'정말… 잔머리의 천재라니까.'
수성펜이 찍힌 눈은 딱 눈병에 걸린 눈이었다. 이런 머리로 공부한다면 조명득을 따라올 놈이 없을 것 같다.
천재는 게으르다?
조명득을 두고 하는 소리였다.
"됐재?"
"명득아!"
"왜?"
"너는 절대 나쁜 놈은 되지 마라."
"왜?"
다시 조명득이 씩 웃었다.
"네가 나쁜 놈이 되면 누구도 못 잡는다."
"어브코스! 킥킥킥!"
"과학실에서 도구 준비는 네가 해라. 니가 잘 아니까."
"또 시다바리가?"
"아니지. 모든 작전의 컨트롤타워다."
"컨트롤? 조정?"
"대가리!"
"항상 어색해. 사투리가. 쯔쯔쯔! 정감이 없어. 악센트를 주란 말이다."

"시끄럽다. 준비하고 사기 치러 가자."

"OK!"

　　　　　　＊　　　　　＊　　　　　＊

모텔 앞.

여기가 개새끼를 잡을 목이다. 놈의 계획은 결국 이곳으로 와서 저 모텔 안으로 쌤을 밀어 넣고 원조교제를 하는 모습을 찍으려 할 것이다.

그럼 쌤은 바로 사회에서 매장된다. 조폭들이 협박할 때 쓰는 가장 비열한 방법이다.

'오미선이 있으니까.'

용봉철, 그 개새끼는 오미선을 자기가 가지고 노는 장난감 정도로 생각하고 있을 것이다. 그러니 찍은 영상으로 경찰에는 신고하지 않을 것이다. 가지고 놀던 장난감을 버리기는 싫을 테니 말이다. 그리고 오미선이 경찰서에 가서 자신에 관한 것도 다 말할 수 있을 테니까.

아마 놈은 사진을 찍어 교육청에 보내려할 것이다. 그렇다면 그 어떤 경우라도 쌤은 옷을 벗을 수밖에 없는 상황인 것이다.

"여긴 으슥하네."

조명득이 내게 말하며 주변을 둘러봤다. 이 모텔 주변이 으슥하다는 것은 우리에게도 다행이었다. 사실 우리가 보고 있는 모텔은 모텔이라고 하기에도 좀 그랬다. 원조교제를 하는 놈이라

남들의 시선을 최대한 피하기 위해 이런 곳을 고른 것 같다.

"어떻게 할 건데?"

"니는 왜 왔노?"

조명득이 따라온 최은희를 보며 물었다.

"니가 데리고 왔나?"

조명득이 나를 힐끗 봤다.

"그 새끼가 당하는 거 보려고."

최은희도 용봉철 개새끼한테 앙금이 있는 모양이다. 뭐 소문으로는 우리 학교 여자 애들 중에서 성희롱 한 번 안 당한 애가 없단다. 마산 3대 얼짱이라 불리는 최은희에게도 엄청나게 껄떡댔을 거라는 생각이 들었다.

"시간이 별로 없다."

벌써 8시다.

"이제 8시다."

아마 지금쯤이면 한창 술자리가 무르익고 있을 것이다. 아마 용봉철은 쌤이 마시는 술에 약을 탈 것이다. 그래야 바로 정신을 잃게 만들 수 있을 테니까.

그러니 언제 올지 모른다. 그래서 나는 조명득과 이곳으로 바로 왔다. 처음에는 미행을 할 생각도 했다. 하지만 용봉철이 쌤을 자기 자동차로 태우고 갔기에 그것을 따라 잡을 기동력이 없어 미행 자체가 불가능했다. 그래서 수업이 끝나고 바로 여기로 왔다.

놈이 쳐놓은 덫에 내가 다시 덫을 칠 생각이다.

'준비를 못했는데……'

사회 통념을 이용한 응징 193

다른 것은 다 준비했는데 딱 하나만 준비를 못했다. 가장 중요한 소품이 빠졌다.

"정말 여기로 올까?"

"여기가 목이니까 꼭 와. 은희야."

이제부터 중요한 부분이다.

"왜?"

최은희가 나를 빤히 봤다.

"나랑 이야기 좀 하자."

"해."

"조용한 데 가서."

"뭐?"

"가자."

급한 마음에 나도 모르게 최은희의 손을 잡아끌자 최은희가 살짝 놀라며 몸을 움츠렸다.

"니들, 여기 와서 연애질이가?"

어색한 분위기가 흐르는 상황에 조명득이 기름을 부었다.

'저거 또 빙신 모드네.'

나는 바로 조명득을 째려봤다.

"댕겨 온나. 그리고 빨리 온나. 개새끼가 언제 올지 모르잖아."

"망 잘 보고 있어."

"알았다~ 조수는 망을 보는 기제. 히히히!"

* * *

상가 건물 화장실 앞.

"너 미쳤니?"

최은희가 나를 째려보았다. 사실 미쳤다는 소리를 들어도 싸다.

"사왔어야 하는데 시간이 없어서……."

"너, 변태지?"

변태 소리를 들을 만했다.

"시간이 없어서……. 안 될까? 위에만 살짝……."

"니가 말한 걸로 정말 그 개새끼를 끝장낼 수 있어?"

"응."

확신에 찬 내 대답에 최은희가 나를 째려봤다.

"별꼴이야, 정말!"

안 될 것 같다.

"안 되면 어쩔 수 없고. 없던 일로 하자."

"별꼴이야! 기다려!"

최은희는 다시 한 번 내게 눈을 흘기고 건물 화장실로 들어갔다. 몇 분의 시간이 흐르자 살짝 얼굴이 상기된 최은희가 검은 봉지를 들고 나왔다.

"내가 왜 이런 것까지 해야 하는지 모르겠다."

최은희가 퉁명스럽게 말하며 내게 검은 봉지를 건넸다.

"고마워. 나중에 새 걸로 하나 사줄게."

"흥!"

최은희가 나를 보며 다시 한 번 눈을 흘겼다.

'사줄 수 있는데. 더 섹시한 걸로.'

사회 통념을 이용한 응징

하여튼 됐다.

마지막 도구도 확보했다.

그리고 손에 잡히는 검은 봉지를 보고 나도 모르게 얼굴이 빨갛게 달아올랐다.

"너 지금 무슨 생각 하는 거야?"

"아, 아무 생각도 안 했어."

그러고 보니 최은희는 흰색 셔츠블라우스를 입고 있다.

'뚫어지게 보면 보일 것 같다.'

비가 와주면 흰색 셔츠블라우스가 착 몸에 달라붙으니 더 잘 보일 것 같기도 하다. 어려지니 요즘 야한 생각이 자꾸 난다.

그리고 나도 모르게 최은희의 가슴 쪽을 봤다.

이건 본능이다.

"어디를 봐?"

최은희가 또다시 눈을 흘겼다.

"그, 그게……."

나도 모르게 말을 더듬었지만 자꾸 머릿속에는 최은희의 사이즈가 떠올랐다.

'사이즈가 엄청 클 것 같네.'

정말 쌤의 구라처럼 저게 내 것이 되면 나는 전생에 나라를 구했다는 소리를 몇 번은 들을 것 같다.

"가자. 이런 데 서 있는 거 창피해."

이번에는 최은희가 먼저 내 손을 잡았다.

"으, 으응."

내 머릿속의 기억은 분명 40대인데 이 순간이 쫄깃했다. 풋풋

해진다고 할까? 그런 비슷한 것 같다. 사실 고등학교 다닐 때는 똥폼을 잡는다고 낭만 같은 것은 없었다.

추억도 없고.

*   *   *

모텔 입구가 보이는 골목에서 한 시간 정도 기다렸다.
"…안 오네."
조명득이 초조한 모양이다.
"미선이는 저기서 떨고 있겠지?"
최은희가 모텔을 보며 내게 작게 말했다.
"내일부터는 달라져."
나는 최은희를 안심시키듯 말했다.
툭!
"저기 온다."
그때 조명득이 나를 툭 치며 말했다. 우린 모텔 앞으로 들어서는 용봉철의 차를 노려봤다.
"쌤, 천국 보내드릴게요. 쌤도 이런 걸 좋아하실지… 흐흐흐!"
놈의 이죽거림이 내 귀에 들려왔다.
그럴 일은 절대 없겠지만 만약 쌤이 깨어났을 때 미선을 건드린다면 용봉철에게 약점을 잡힐 것이고, 용봉철이가 원하는 그대로 놀아날 수도 있다는 생각이 들었다.
'망할 새끼!'
차에서 내린 용봉철이 내 예상대로 정신을 잃은 쌤을 차 안에

사회 통념을 이용한 응징 197

서 끄집어내며 이죽거렸다. 차에서 거칠게 끌려 나오는 쌤은 거의 시체처럼 미동도 없었다.

"약 먹였네."

조명득이 아주 작은 목소리로 내게 말했다.

"어떻게 해?"

최은희가 겁먹은 얼굴로 말했다.

"여기서 기다려."

나는 가방에서 조명득이 과학 실습실에서 구해온 마취제를 적신 손수건을 꺼냈다.

"어떻게 하려고?"

"저 새끼는 쌤한테만 정신이 팔려 있거든."

"들키면 어떻게 해."

최은희가 나를 걱정하듯 내 손을 잡았다.

"걱정 안 해도 돼."

이런 일은 누구보다 자신이 있다. 처음 조폭이 되었을 때 가장 많이 한 일이 납치다. 물론 채무자를 납치하는 일이 대부분이라서 이런 일은 익숙했다. 미래의 기억이 지금 도움이 되고 있었다.

"정말?"

"응."

내 손을 잡은 최은희의 손을 놓고 나는 천천히 아무 일도 없다는 듯 용봉철의 차가 서 있는 곳으로 걸어갔다. 지금 용봉철은 쌤을 자동차에서 꺼내기 위해 낑낑거리고 있기 때문에 내가 조용히 접근하는 것을 눈치채지 못했다.

"쌤, 왜 이렇게 무겁습니까? 태울 때도 혼났는데 천국 보내 드릴 때도 진 빠지겠네, 이 개새끼야!"

용봉철이 자신의 속내를 드러냈다.

툭! 툭!

심지어 기절해 있는 쌤의 뺨을 툭툭 쳤다.

"너는 항상 너 혼자 깨끗한 척하고 살았지. 깨끗하면 얼마나 깨끗하다고. 개새끼."

용봉철도 살짝 술에 취한 것 같다. 술에 취하면 감각이 무뎌진다.

"가자. 너도 이제 끝이다."

용봉철이 기절한 쌤을 자동차에서 꺼내기 위해 안간힘을 쓰고 있는 사이 나는 고양이처럼 아무런 기척도 내지 않고 용봉철에게 접근해 그 뒤에 섰다.

턱!

나는 용봉철이 돌아볼 수 없게 오른팔로 놈의 목을 휘어 감았다.

"컥! 뭐, 뭐야?"

말을 할 필요는 없었다.

착!

바로 과학 실습실에서 훔쳐 온 마취제 성분이 묻은 손수건으로 용봉철의 입과 코를 막았다. 용봉철은 고개를 돌리려고 안간힘을 썼지만 절대 내 얼굴을 볼 수 없을 것이다.

사실 이 상태라면 마취제를 쓰지 않고도 용봉철을 기절시킬 수 있었다. 지금 내가 취하고 있는 자세는 격투기의 초크 같은 효과를 내니까.

하지만 뭐든 완벽하게 해야 한다.

멍 자국도 여러 곳에 만들어야 하니까.

"누, 누구… 누구……."

용봉철은 버둥거리며 겁에 질린 듯 부르르 떨었다.

"커, 커, 커억!"

용봉철이 버둥거렸다. 그리고 10초 정도가 지나자 용봉철이 축 늘어졌다. 이런 경험은 꽤 많다. 그때는 분명 나쁜 짓이었지만 지금은 학교의 평화를 위한 행동이다.

'무능한 정의보다 움직이는 악이 올바르다!'

쿵!

내가 오른팔을 풀자 용봉철이 그 자리에서 쓰러졌다.

툭툭! 툭툭!

혹시 기절한 척하는 게 아닐까 싶어 제법 강하게 발로 몇 번 용봉철의 옆구리를 찼지만 깨어날 기미는 없었다. 그리고 멍 자국을 만들기 위해 용봉철의 몸을 꼬집어도 아무런 미동도 없었다.

이제는 모텔로 들어가 조명득만 잘 구슬리면 된다. 이번 시나리오의 주연은 용봉철과 조명득이다.

"됐다!"

나는 고개를 돌려 숨어서 나를 지켜보고 있는 조명득과 최은희를 보며 미소를 지었다. 조명득과 최은희는 내 민첩하고 과감한 행동에 놀란 빛이 역력했다.

'이건 일도 아닌데.'

원래 조폭일 때는 이런 일을 자주 했다.

공갈과 협박, 납치와 감금, 거기다가 폭력까지.

그게 조폭의 삶이다. 게다가 두 번 다시 돌아가고 싶지 않은 삶이기도 하다.

"뭘 그렇게 보고만 있어?"

"너… 엄청나다."

조명득의 입이 쩍 벌어졌다.

"뭐가?"

"어떻게 그걸 이렇게 쉽게 할 수 있지?"

"그러게."

피식 웃을 뿐이다.

"도와줘."

"정말 기절한 거지?"

최은희가 놀란 눈으로 나를 보며 물었다.

툭툭!

다시 한 번 발로 찼지만 용봉철은 깨어나지 않았다.

"이 개새끼를 옮겨야지. 이제 영화 찍자."

"재미있겠다."

조명득의 눈이 반짝였다.

조명득의 뇌는 더 많은 자극을 갈구하는 것 같았다.

저런 눈을 볼 때마다 약간 서늘한 기분이 든다.

만약 조명득이 잘못된 길을 걷게 된다면 역사상 가장 나쁜 놈이 될 것 같다.

"카메라는 잘 챙겼지?"

사회 통념을 이용한 응징 201

"당근이지. 히히히!"
거의 대부분의 도구는 조명득이 챙겼다.
"업자."
"내가 업어?"
"그럼 누가 업어?"
"또 시다바리가?"
"아니, 이번 영화에서는 네가 주연이기 때문이야."
"내가?"
조명득이 의심스러운 눈빛으로 나를 봤다. 사실 세부적인 계획은 조명득이한테 설명을 안 해줬다. 모텔로 들어가서 황당한 표정을 지을 조명득이 떠올라서 나도 모르게 씩 웃음이 나왔다.
똑똑, 똑똑.
나는 306호의 문을 두드렸다.
조명득이 낑낑거리고 있다.
"빨랑 문 열어라! 힘들어 죽겠네!"
"기다려!"
"힘들다고!"
"알았다. 가만히 좀 있어라."
"누, 누구세요?"
"나야!"
"동, 동철이니?"
오미선의 떨리는 목소리가 들리자 최은희와 조명득은 모텔 안에 오미선이 있다는 것을 알면서도 다시 한 번 놀랐다.
"이 새끼, 정말 개새끼네!"

조명득은 용봉철을 업은 상태에서 허벅지를 꽉 꼬집었다.

"으윽!"

고통은 자극이다. 용봉철은 기절한 상태에서 신음 소리를 토해내더니 다시 죽은 듯 미동이 없다.

"그러다가 깬다."

"승질 나잖아. 그냥 이 새끼 확 지기뿌자."

조명득의 눈빛에 진심이 담겨 있다.

아마 내가 그러자고 한다면 정말 용봉철을 죽여 산에 묻어버릴 것 같다. 어쩌면 그게 가장 쉬운 일이다.

'더 이상 손에 피를 묻히고 싶지······.'

나도 모르게 지그시 입술을 깨물었다.

"나중에 화풀이할 날이 있을 거다."

철컥!

그때 조심스럽게 오미선이 겁먹은 눈빛으로 문을 열었다.

"동, 동철아······."

오미선이 나를 보고 눈물을 흘리자 그런 오미선을 최은희가 다가가 안아줬다. 오미선은 최은희의 품에 안겨 한없이 울었다.

최은희도 자기 일처럼 울었다. 여자들 특유의 뛰어난 공감 능력으로 오미선의 감정을 읽은 것 같았다. 그래, 여자는 타인의 아픔을 자신의 아픔으로 받아들이는 따듯함이 있다.

"괜찮아. 다 끝나간다."

최은희는 오미선을 진심으로 걱정하는 것 같았다.

"흑흑흑!"

"개새끼!"

조명득이 울고 있는 오미선을 보며 다시 용봉철의 뺨을 후려쳤다.

짝!

"그만해. 이젠 영화를 찍어야지."

     *   *   *

나는 용봉철을 침대에 눕히고 홀딱 벗겼다.

여기저기 멍 자국이 가득하다.

발로 찬 것이 멍으로 남았고, 조명득이 꼬집은 곳도 멍이 됐다. 내가 용봉철의 옷을 벗기자 조명득은 씩 웃기 시작했고, 최은희와 오미선은 영문을 몰라 멀뚱거렸다

'동성애자에 멍 자국이면 다 그쪽으로 생각하지.'

오늘 일이 터지면 용봉철은 바로 매장될 것이다.

나는 바로 최은희에게 받은 검은 봉지에서 브래지어를 꺼내 용봉철의 가슴에 채웠다.

모두 내 행동에 놀란 눈이 되어서 보고 있었는데, 최은희는 살짝 부끄러운 표정으로 얼굴이 빨갛게 변해 있다.

'나라를 구한 C컵이네.'

브래지어는 한쪽만으로도 내 얼굴이 가려질 정도로 컸다.

정말 마산 3대 얼짱이라는 이름에 걸맞은 사이즈였다.

     *   *   *

"니 지금 뭐라고 했노?"

내 말에 조명득이 나를 째려보며 똥을 씹은 표정으로 변했다.

"그럼 내가 할까?"

"니가 해라. 내는 몬한다."

"한 번만 봐주라."

"뭘 봐주노! 입장 바꿔서 생각해 봐라. 니는 나 봐줄 수 있나? 그리고 니라면 여기서 하겠나?"

"내가 하고 싶은데 은희도 있고……."

내 말에 조명득이 은희를 보며 인상을 찡그렸다. 나도 모르게 우리 사귄다는 인증을 해버렸다.

"웃통만 까면 된다."

"니가 까라, 웃통!"

조명득은 눈에 쌍심지를 켜고 말했다.

"야아아아~"

"시발, 애인 없는 새끼는 서러워서 살겠나!"

"벗어라."

"망할 새끼! 두고 보자!"

조명득이 다시 나를 봤다. 그리고 마지못해 웃통을 깠다.

"바로 옆에 가서 누워라."

"얼굴 나오면 니라도 지기뿐다."

"절대 얼굴 안 나오게 찍을 테니까 걱정 말고."

"에이 씨, 이게 뭔 꼬라지고."

조명득이 마지못해 침대에서 팬티만 입고 누워 있는 용봉철의 옆으로 가서 누우며 인상을 한없이 찌푸렸다.

사회 통념을 이용한 응징 205

"살짝 에로틱하게."

사실 이것도 조폭일 때 협박용으로 몇 번 해본 짓이다. 물론 그때는 납치한 사람의 옆에 남자가 아닌 여자가 누워 있었지만 말이다. 사회 통념상 절대 교육계는 동성연애자를 용납하지 않는다. 그러니 이 사진 몇 장을 교육청에 보내면 될 것이다.

그리고 학교에도 몇 장 뿌리고 선생님들의 책상 위에도 몇 장 올려놓을 생각이다. 그럼 용봉철은 이사장이 비호해 주려고 해도 아웃이다. 이 시대에 동성애는 죄가 아니지만 용서 받지도 이해 받을 수도 없는 일이니까.

"빨랑 찍어라. 역겹다."

"알았다."

찰칵! 찰칵! 찰칵!

조명득이 인상을 찡그리며 자세를 잡자 나는 즉석카메라로 사진을 찍었다.

"됐나? 별짓을 다 하네."

"됐다. 가자. 조명득 주연. 제목, 정의의 에로틱! 제목 좋지?"

"치아라!"

이 사진이면 용봉철은 끝이었다.

제7장
용봉철의 몰락

공원 으슥한 곳.

우린 쌤을 다른 모텔에 편안하게 눕혀 드리고 소주 몇 병을 사서 공원으로 왔다. 회귀하기 전 내 진짜 과거에서는 이런 날이 꽤 많았다.

공부에는 관심이 없으니 야자는 안 했고, 그렇다고 해서 마땅하게 갈 곳도 없어서 양아치, 날라리들이랑 이렇게 소주 몇 병 사서 강소주를 마셨다.

'짝이 딱 맞네.'

내 옆에는 최은희가 앉아 있고 조명득의 옆에는 오미선이 마지못해 앉아 있다.

"내가 니 때문에 별짓을 다 했다. 기억해라. 아니다, 절대 기억하지 마라."

"마셔라!"

내 말에 조명득이 강소주를 들이켰다. 안주는 새우깡이어서 발음 그대로 '깡' 소주다.

"캬! 하여튼 용봉철이 끝장 못 내면 내가 니 지기뿐다."

"알았다니까. 그 개새끼는 끝장내고 잊을 것은 잊을게. 지퍼 쫙!"

나는 모텔에서 있던 일을 모두 잊자며 손을 입에 대고 지퍼를 채우는 시늉을 했다.

"알았다. 사나이는 입이 무거워야 하는 기다. 근데?"

조명득의 눈동자가 다시 반짝였다. 조금 불길하다.

"근데 뭐?"

"아까 그거······."

"잊자니까."

"잊는 것은 내일 잊고, 아까 부라자는 누구 끼고?"

묘한 눈으로 조명득이 최은희를 봤다.

"사온 거지."

"진짜로?"

엉큼한 눈깔로 변한 조명득에 최은희는 할 말이 없는지 소주를 마셨는데 소주 때문에 살짝 얼굴이 달아올랐다.

"야~"

조명득한테 알면서 왜 물어보냐는 눈치를 주자 조명득이 씩 웃었다. 아까 두고 보자는 것이 이것인가 보다.

"니들 정말 사귀나?"

"몰랐어, 우리 사귀는 거?"

최은희가 조명득한테 말하고 고개를 돌려서 내게 입을 맞췄다. 순간 나는 놀라 눈이 커졌다.

"씨~ 진짜 사귀네. 쩝!"

조명득이 입맛을 다시며 오미선을 봤다.

"나랑 소주나 마시자."

"응."

오미선도 잔을 들어 마셨다.

나와 최은희는 꽤 오랫동안 키스를 했다. 사실 최은희는 그냥 입만 맞춘 건데 키스를 당한 내가 마지막까지 끌려갈 수는 없기에 적극 나선 것이다.

몸은 열아홉 살이라도 경험과 정신은 40대. 테크닉 좋은 40대 말이다. 그래서 나는 바로 최은희를 끌어당기면서 그녀의 입에 내 혀를 밀어 넣었다.

"흡!"

최은희가 놀라 눈이 커졌다.. 하지만 최은희는 내 혀를 거부하지 않고 가만히 그저 파르르 떨기만 했다.

만약 조명득과 오미선이 없다면 이 공원에서 또 하나의 역사가 만들어졌을 것이다.

"야! 뽀르노 그만 찍고 술이나 마시라!"

조명득은 애인 없는 사람은 서럽다는 듯 소리를 질렀다.

"그러다 입술 부르트겠다."

그제야 나와 최은희의 입술이 떨어졌다.

"내일 시험인데 잘하는 꼴이다."

놀랍게도 조명득은 이 상황에서 시험 걱정을 하고 있었다.

그러고 보니 내일이 기말고사 보는 날이다.
내일은 아마 참 많은 일이 일어날 것이다.
"야~ 그림 좋네."
그때 항상 삼류 영화에서 나오는 장면이 펼쳐졌다.
양아치 몇이 우리를 보고 다가온 것이다.
"그림이야 아주 좋지."
나는 다가온 양아치를 노려봤다.
"가라!"
"이게 미쳤나?"
쪽수를 믿고 설치는 것 같다.
"내 얼굴 잘 안 보이지?"
"뭔 개소리고?"
딸칵!
나는 라이터를 켜 내 얼굴 쪽으로 올렸다.
"미친 새끼!"
"야, 야, 가자!"
"와?"
"가자니까!"
"와 그라는데?"
"박, 박동철이다."
"그게 누꼬?"
"빙신아, 마산 통 박동철이!"
옆에 있던 놈의 말에 이죽거리던 놈이 놀라 눈이 커졌다.
"저, 정말이가?"

"가자니까. 죄송합니다."

양아치들이 허겁지겁 꽁무니를 뺐다.

"야, 우리 똥철이 아직 안 죽었네. 히히히! 마셔라~ 마셔라! 술이 들어간다. 히히히!"

그렇게 내 양아치 때의 추억을 이 공원에서 더듬어봤다. 하지만 오늘을 정말 잊지 못할 것 같다. 최은희가 내 손을 여전히 꼭 잡고 있으니 말이다.

* * *

아침 7시.

술이 덜 깬 상태로 등교했다.

정확하게 한숨도 안 자고 바로 학교에 왔다고 보면 된다.

5시에 학교에 왔고, 나는 용봉철을 위해 준비해 놓았다.

아마 선생님들이 출근하시면 난리가 날 것이다. 물론 등교하기 전에 누나 방에 잠입해 내가 필요한 것을 챙겼다. 사실 아버지가 당뇨가 있어서 우리 집에는 내가 필요한 것이 항상 있었다.

'마지막까지 지랄을 하면······!'

나는 지그시 입술을 깨물었다.

퍽!

"으읔!"

선도부 부장으로 교문 앞에 서 있는데 출근하시던 쌤이 내 뒤통수를 후려쳤다.

내 뒤통수를 이렇게 아무 생각 없이 후려칠 수 있는 사람은 이 학교에 쌤 말고는 없다.

"니, 오늘이 기말고사인데 술 처묵었나?"

어제 일은 기억도 못하신다.

"그게……."

"이게 또 양아치 병이 도졌네. 내가 단디 말했데이. 1등 떨어질 때마다 빠따 한 대라고."

"예, 쌤!"

진실의 눈이 있는 이상 등수는 절대 떨어질 수 없었다.

"시험 전날에 술 처먹고 잘 보는지 두고 보자."

"예, 쌤!"

나는 쌤을 보며 씩 웃었다.

'교무실에 가시면 놀랄 겁니다.'

교무실에 용봉철을 위한 선물을 가져다 놓았다. 선생님들 자리마다 한 장씩 복사해서 말이다.

그리고 이 학교에서 쌤이랑 나랑 제일 먼저 등교한다.

* * *

칠승건설 기획실장실.

최문탁이 바른 자세로 앉아 있고 그 앞에 실장이 짜증스러운 표정으로 최문탁을 보고 있다.

"전면에서 일할 사람에게 왜 엉뚱한 일을 시키시는지 모르겠군. 쯔쯔쯔!"

최문탁과 이야기하는 남자는 박동철이 이창명과 싸울 때 벤츠에 앉아 있던 남자이다.

"아가씨 때문이지 않겠습니까?"

"그러니까 건달이 무슨 학교를 운영하느냐고."

"회장님의 뜻입니다."

"그러니까, 내가 부른 것은 서운해하지 말라는 거지."

"예."

"마산에 있는 학교라면서?"

"그렇습니다. 아가씨가 다니시던 학교라 그 학교로 회장님께서 정하셨습니다."

"허참, 학교가 무슨 돈이 된다고."

찰나지만 최문탁은 실장을 깔보는 눈빛을 보였다.

'학교가 알짜입니다.'

"이야기는 잘 되고 있지?"

"잘될 겁니다. 급식 비리를 비롯해 몇 가지의 비리를 찾아냈습니다. 말만 잘하면 진행이 잘 될 것 같습니다."

"알지, 내 뜻이 아니라는 거?"

"예, 실장님!"

최문탁이 짧게 대답을 했고, 찰나지만 최문탁을 보는 실장의 눈빛이 묘했다.

"그래, 좀 쉬는 것도 좋지. 곧 부르겠네. 일보시게."

"예, 실장님!"

최문탁이 자리에서 일어나 돌아서자 실장은 차가운 눈빛으로 최문탁을 노려봤다. 마치 찍어내리려고 하던 참에 잘됐다는 눈빛처럼 보였다.

그리고 돌아선 최문탁 역시 미소를 보였다.
'건달이 주먹 쓰는 시대는 끝났습니다.'

　　　　　　＊　　　　　＊　　　　　＊

교장실.
출근을 한 교장선생님이 책상에 놓여 있는 사진을 보며 놀라 눈이 커졌다.
"이 망측한… 어, 용 선생?"
교장은 서랍에서 돋보기안경을 꺼내 쓰더니 사진 속의 주인공을 다시 확인했다.
"용 선생? 이게 미쳤네!"
물론 박동철이 뿌린 사진은 교장실에도, 이사장실에도, 교무실에도 배달이 됐다. 이사장 역시 교장선생님과 별반 차이 없이 황당한 표정을 지었다가 다시 표정을 굳혔다.
"미친 새끼! 우리 현철이 내신을 어떻게 하려고!"

　　　　　　＊　　　　　＊　　　　　＊

끼이익!
용봉철의 차가 주차장에 급하게 섰다.
"씨발! 이게 도대체 무슨 일이야!"
용봉철이 인상을 찡그렸다. 그리고 모텔에서 깼을 때의 황당한 순간이 떠올라 다시 한 번 인상을 찡그렸다.

"도깨비한테 홀린 것도 아니고. 젠장! 지각이군. 머리가 빠개질 것 같은데……."

이 순간까지도 용봉철은 황당한 일을 겪었다는 생각밖에 없었다. 하지만 교무실에 들어서는 순간 그 황당함은 절망으로 바뀔 것이 분명했다.

"미선이 고년은 어디를 간 거야? 시발! 왜 필름이 왜 끊긴 거지?"

용봉철은 이해가 안 되는 상황에 투덜거리며 교무실로 향했다.

교육청 감사실.

이미 교육청 감사실도 박동철이 보낸 사진으로 난리가 났다. 공무원들이 이렇게 아침부터 분주하게 움직이는 일도 드물 것이다.

박동철은 자필이 아닌 워드 형식으로 편지와 사진을 보냈다. 교육청에서 처리하지 않으면 신문사나 방송국에 뿌리겠다고 박동철은 으름장을 놓았다.

"이걸 어떻게 합니까?"

교육청 감사위원이 감사위원장에게 용봉철의 사진을 보이며 애매한 표정을 보였다.

"이게 선생이 할 짓입니까? 커밍아웃을 하려면 옷 벗고 하라고 하세요."

"옷은 벗고 있습니다."

"이 사람이 정말!"

물론 용봉철은 옷을 벗고 있다.
"죄송합니다. 멍 자국도 있는 것을 보니……."
"이게 뉴스에 뜨면 교권은 바닥으로 추락합니다. 선생이 동성연애자라니요."

시대가 시대이다 보니 아직까지 동성애에 대해 관대할 수 없었다. 그것은 박동철이 회귀하기 전, 미래에서도 크게 다를 것은 없었다.

"바로 처리하세요. 적혀 있는 그대로 바로 조치하지 않으면 방송국에 보내겠다고 하잖습니까! 대기 발령이라도 내라고 하세요."
"예, 감사위원장님!"
"이 사진, 절대 언론에 공개되어서는 안 됩니다. 요즘 부쩍 교권이 실추하고 있는데 이건 아닙니다. 아시죠?"
"예."
"도대체 누가 보낸 거야. 젠장!"

　　　　　*　　　　　*　　　　　*

철컥!
용봉철이 교무실 문을 열고 들어섰다.
용봉철의 모습을 본 선생들이 묘한 눈으로 용봉철을 힐끔힐끔 쳐다보기 시작했다.
경멸하는 눈빛!
지금까지 기고만장했는데 꼴좋다는 눈빛!

너를 다시 보지 않아도 되어 기쁘다는 눈빛!

용봉철은 무언가 사건이 터졌다는 것을 직감했다.

'도대체 뭐지?'

용봉철은 속으로 생각했다.

"…왜 그러세요?"

"아닙니다. 늦으셨네요."

남자 선생 한 명이 아무 일도 아니라고 말하고는 용봉철의 시선을 회피했다.

'뭐야?'

용봉철은 어색한 교무실 분위기에 인상을 찡그렸다.

"용 선생!"

그때 학생주임이 용 선생을 불렀다.

"예, 선생님!"

"어쩝니까?"

"예?"

그래도 학생주임은 용봉철을 걱정해 줬다. 자신에게 어떤 짓을 하려고 했는지도 모르고 말이다.

"어쩝니까? 와 그랬능교? 그게… 나도 알아보니까 마음대로 되는 것은 아니라 카대요."

"예? 무슨 말씀이십니까?"

벌컥!

그때 교무실 문이 벌컥 열렸다.

"용 선생, 출근했습니까?"

벌컥 문을 열고 들어온 것은 교장이었다.

"교장선생님!"

용봉철이 급하게 자리에서 일어났다.

"도대체 무슨 낯짝으로 학교에 출근한 겁니까?"

"…예?"

아무것도 모르는 용봉철에게는 황당한 상황일 것이다.

"무슨 말씀이십니까, 교장선생님?"

"이거 보세요!"

교장이 용봉철에게 다가와 들고 있던 사진을 획 던지자 용봉철이 바닥에 떨어진 사진을 주워 들었다.

그리고 그의 표정이 굳었다.

"용 선생, 호모였소?"

기절했다가 깼을 때의 황당하던 그 모습이 사진에 찍혀 있다.

"아, 아닙니다. 이, 이게……."

"용 선생, 징계위원회 열릴 겁니다. 교육청에 이 사진이 접수됐습니다. 도대체 무슨 짓을 하고 다니는 겁니까?"

"교, 교장선생님!"

"그렇게 알고 대기하세요."

"예?"

"교장 직권으로 대기발령입니다."

"이사장님도 아십니까?"

용봉철의 말에 교장이 인상을 찡그렸다.

"압니다. 이사장님께서는 사표 받으라고 하시더군요."

용봉철의 표정이 굳어져 펴질 줄을 몰랐다.

＊　　　＊　　　＊

"이사장님!"

다급한 용봉철이 학교 건물 밖으로 나가려는 이사장을 막아섰다. 하지만 이사장도 꽤나 다급한 눈빛이다.

"왜 그러시죠, 용 선생? 아니, 용봉철 씨?"

이사장은 예전과 다르게 용봉철을 벌레 보듯 했다.

"살려주십시오! 제발 살려주십시오! 오해입니다! 음모라고요, 음모!"

용봉철의 말에 이사장의 표정이 굳었다.

"나 지금 바빠요. 나중에 이야기하십시다. 난 더 이상 용봉철 씨랑 이야기할 시간이 없습니다."

뭔가에 쫓기는 듯한 표정의 이사장이다. 그런 이사장을 지금 용봉철이 막아선 것이다.

"살려주십시오, 이사장님!"

"내가 용봉철 씨를 죽이는 사람입니까? 사표는 수리될 겁니다."

"이, 이사장님, 제가 지금까지 현철이를 위해서……."

용봉철이 이사장의 손을 잡자 이사장은 더럽다는 듯 용봉철의 손을 거칠게 뿌리치며 바로 손수건을 꺼내 손을 닦았다.

"놔! 에이즈 옮으면 어쩌려고! 지금도 머리가 아파 죽겠는데 왜 지랄이야!"

박동철이 기절한 용봉철을 툭툭 차고 조명득이 꼬집은 것이 붉은 반점처럼 보인 모양이다.

용봉철의 몰락　221

"이, 이사장님!"

"허튼짓할 생각이라면 꿈도 꾸지 마. 알지? 너 하나 없애는 것은 일도 아니라는 것을. 그리고 너 아니라도 지금 머리가 터질 것 같으니까 당장 꺼져!"

퍽!

싸늘하게 변한 이사장의 행동에 용봉철은 그 자리에서 주저앉았다.

이사장은 고급 벤츠를 타고 사라졌다.

이사장이 이렇게 용봉철에게 차갑게 대할 수 있는 것은 사진을 보자마자 용봉철에게 매수된 국어선생을 불렀기 때문이다.

결국 용봉철은 썩은 사회의 소모품에 불과했고, 내신 성적 조작 부정까지는 막지 못한 박동철이다.

"씨, 씨발!"

결국 용봉철은 짐을 싸야 했다.

선생으로서 인생이 끝난 것이다. 물론 단 한 번도 선생님인 적이 없던 놈이지만 말이다.

"오미선… 그 쌍년이라면 뭔가 알고 있을 거야."

순간 용봉철의 눈에 살기가 어렸다.

"나는 호모가 아니라고!"

용봉철이 버럭 소리를 질렀다.

* * *

교실.

기말고사 1교시 시작하기까지 20분 남았다.

머리는 강소주 때문에 터질 것 같고 코너에 몰린 용봉철이 어떻게 나올지 책이 눈에 들어오지 않았다.

'그냥 두고 볼 놈은 아닌데……'

그래서 따로 준비를 했다. 나는 절대 정의롭지 않다. 그리고 항상 일을 시작하면 끝장을 보는 성격이다.

다다닥! 다다닥!

벌컥!

그때 교실 뒷문을 벌컥 열고 최은희가 뛰어 들어왔다.

"동철아!"

"우우우!"

"와아아!"

최은희가 급하게 남학생 교실로 들어오자 애들이 야유와 환호성을 번갈아 질렀다.

'일 터졌다.'

최은희가 남자 교실까지 달려왔다는 것은 용봉철 그 개새끼가 오미선을 협박했거나 어디론가 끌고 갔을 확률이 높다.

'끝까지 가자는 거지.'

나도 모르게 지그시 입술을 깨물었다.

개새끼는 끝까지 개새끼였다.

"왜?"

"용봉철 그 개새끼가……."

최은희가 자신을 보고 있는 애들 때문에 더는 아무 말도 못했다.

"…알았다."

나는 의자를 박차고 일어났다. 죽겠다고 설치면 죽여줄 수밖에.

"뭐 하게?"

"엔딩 찍어야겠다."

"또 엔딩이 있나?"

"해피엔딩일 거다."

나는 바로 교실 밖으로 나갔다. 망할 개새끼가 안 찍어도 될 엔딩을 찍게 만든다.

아마 우리한테는 마지막이 해피엔딩이겠지만 용봉철이한테는 새드엔딩이 될 것이다.

'그래, 끝장을 보자.'

나는 주머니에 넣어둔 것을 만지작거렸다.

* * *

박동철의 집.

"주삿바늘이 어디에 있지?"

박동철의 누나가 주사기를 찾았다.

"없니?"

박동철의 아버지는 당뇨가 있어서 항상 일회용 주사기가 집에 있었다.

"다 썼나 봐요. 약국 가서 사올게요."

"알았다."

누나는 바로 민소매를 입은 상태로 약국으로 갔다.

*　　　　*　　　　*

"어디 가는데?"

최은희가 미선을 끌고 간 용봉철한테 향하지 않고 주차장으로 가는 나를 보고 물었다.

"개새끼가 미선이 어디로 데리고 갔는데?"

"옥상!"

"금방 갈게. 조용히 처리해야 하니까."

"믿어도 돼?"

"믿어."

나는 최은희에게 웃어 보였다.

"믿어."

최은희가 나를 보며 말했다.

믿고 싶은 것이다.

아니, 믿는 눈빛이다. 그러니 믿음을 줄 것이다.

나는 바로 주차장으로 가서 용봉철의 차 앞에 서서 주위를 살폈다. 시대가 시대이다 보니 블랙박스 같은 것은 없다. 그래서 움직이기가 편했다.

그리고 누나 방에서 훔쳐 온 것을 용봉철의 차 앞바퀴에 찔러 넣었다.

내가 찌른 것은 주사기 바늘 꼭지다.

이 상태면 아주 천천히 바람이 빠진다.

급하게 달리다가 코너를 돌면 타이어의 공기압이 빠져 있으니 차가 뒤집어질 수도 있다. 물론 아무 문제 없이 집으로 돌아갈 수도 있다. 하지만 타이어 안쪽에 찔러 넣었기에 표가 나지 않을 것이고 언젠가는 문제를 만들 것이다.

오미선을 찾지 않았다면 나도 이렇게까지는 안 했을 것이다.

하지만 놈은 쓰레기다. 그러니 학교에서 퇴직한다고 해도 오미선을 계속 협박할 것이 분명했다.

그러니 교통사고라도 나서 몇 개월 병원 신세를 져야 오미선이 무사히 졸업할 것이다. 물론 하늘이 천벌을 내린다면 그 이상도 되겠지만.

하지만 그건 하늘이 결정할 일이다.

정말 하늘도 용서할 수 없는 악인이라면 지옥으로 빨리 이끌게 될 것이다. 이번 일로 인해 나 역시 지옥으로 향하겠지만 죽은 후의 지옥보다 살아서 지옥에 살고 있는 아이를 구하는 일이기에 나는 군말 없이 지옥으로 걸어갈 생각이다.

'화가 머리끝까지 나 있을 테니까.'

과속을 할 것은 당연했다.

'뒤져야 할 새끼는 뒤져야지.'

맞다.

법보다 주먹이 가까운 세상이라는 생각이 들었다.

*   *   *

옥상 위.

"…아는 거 있으면 당장 말해!"

용봉철의 우악스러운 손이 가냘픈 오미선의 어깨를 잡고 흔들었다.

"몰라요! 모른다고요!"

물론 박동철은 이런 일이 있을 것이라고 미리 오미선에게 말해줬다. 그리고 오미선은 박동철이 알려준 그대로 행동하고 있었다.

하지만 살기 어린 눈빛에 겁을 먹는 것은 어쩔 수 없었다.

"정말 몰라?"

"예, 아무것도 몰라요."

"그런데 왜 그 모텔에 너는 없었어?"

"선생님이 저보고 가라고 하셨잖아요!"

"정말이야?"

"예!"

"혹시 내가… 혹시 남자를 데리고 왔었어?"

"…예."

"미치겠네. 정말이야? 내가 미쳤다고 사내새끼랑 그딴 짓을 해! 쌍, 미치겠네."

"선생님, 이제 어떻게 해요?"

오미선은 용봉철을 걱정하는 투로 말했다.

"걱정 마! 난 절대 안 죽어!"

하지만 이미 시쳇말로 산소호흡기를 뗀 상태인 용봉철이다. 그런데 갑자기 용봉철이 음흉한 눈으로 오미선을 봤다.

"왜 그러세요?"

"너, 내가 이렇게 됐다고 쌩까면 알지? 내가 학교에서 나가도 내가 입만 뻥끗하면 너 어떻게 되는지 알지?"

이 상태에서도 개새끼 짓을 하는 용봉철이다.

"…예."

"오늘 저녁에 전화할 테니까 나와. 시발! 도대체 어떻게 된 거야?"

용봉철의 말에 오미선이 부르르 떨었다.

철컥!

그때 문을 열고 박동철이 들어섰다.

물론 담배를 꼬나물고 말이다.

* * *

벌컥!

"어……?"

나는 문을 열고 들어서면서 당황스러운 표정을 지어 보였다. 물론 설정이다. 사실 내가 이 옥상까지 뛰어온 것은 망할 새끼를 그냥은 보낼 수 없기 때문이다.

그리고 오미선의 표정을 살폈다. 오미선은 나는 달라진 것이 없다는 눈빛에 이 순간이 너무나 싫다는 표정이다.

그 간절함의 끝은 자살일 것이다.

'망할 새끼!'

용봉철은 아마도 내가 생각하고 있는 것을 오미선에게 지속적으로 요구한 것 같다.

그러니 오미선이 저런 표정을 짓고 있는 것이고.

"야! 여기는 왜 올라왔어?"

용봉철이 버럭 소리를 질렀다.

"죄송합니다."

"어린놈의 새끼가 학교에서 담배나 피우고!"

용봉철은 화를 나한테 풀려고 마음먹었는지 내게 다가왔다. 딱 봐도 몇 대 때릴 기세다.

"이 양아치 새끼!"

"그런데 쌤은 왜 여학생이랑 여기 있습니까? 이상하네."

"뭐, 뭐?"

"사진 보니까 호모새끼시던데 아닌가 보네요."

양아치 특유의 비릿한 웃음을 보였다. 사람 흥분시키고 약 올리는 일은 조폭의 주특기다. 그리고 싸움을 걸고 깽판을 친다.

"뭐… 너 이 새끼, 뭐라고 했어?!"

"사진 쫙 돌았던데. 호모새끼라고!"

"이 새끼가 미쳤나?!"

용봉철이 주먹으로 나를 치려고 해 나는 바로 놈의 손을 잡아 꺾었다.

"으윽!"

"이제 선생도 아니라면서!"

이제부터는 양아치 기질 그대로 보여주면 된다.

"이 손 못 놔? 이 손 놓으라고!"

용봉철이 버럭 소리를 질렀다.

나는 바로 용봉철의 멱살을 잡고 오미선에게 내려가라는 신호

용봉철의 몰락

를 보냈고, 오미선은 알았다는 듯 고개를 끄덕이며 옥상 밖으로 내려갔다. 그러면서 나를 돌아봤다.

'걱정 마. 진짜 해피엔딩이 될 테니까.'

"이 시발 새끼야!"

옥상에는 우리 둘뿐이다. 그래서 나는 바로 용봉철에게 욕설을 내뱉었다.

내가 욕을 했다는 증거도 없고 또 지금과 같은 상황에서는 이 학교에 용봉철의 말을 믿어줄 사람도 없다.

"이 새끼가 선생님한테!"

"네가 선생인 적 있어? 그리고 지금은 선생도 아니잖아!"

퍽!

나는 손바닥으로 바로 용봉철의 배를 후려쳤다. 주먹으로 치면 멍이 생기고 흔적이 남는다. 그래서 손바닥으로 후려쳤다. 그리고 사실 손바닥으로 친다고 고통이 덜한 것도 아니다.

"으윽!"

"교무실에서 짐 싸던데, 꺼져!"

"이, 이 새끼가, 너, 퇴학당하고 싶어?!"

용봉철이 버럭 소리를 질렀다.

"퇴학? 누가? 호모라서 잘린 니가 나를 퇴학시킨다고?"

그냥 한 대만 치려고 했는데 안 될 것 같다.

퍽퍽! 퍽어어억!

"으악!"

거친 비명이 터졌다.

"…이, 이 새끼가……"

"꺼져! 확 집어 던지기 전에!"
나는 잡고 있던 멱살을 놓으며 용봉철을 집어 던졌다.
"으윽!"
"그리고 너 이 학교 근처에서 내 눈에 띄면 뒤진다."
매섭게 용봉철을 노려보자 용봉철이 부르르 떨었다. 여기서 소리를 더 지르다가는 나한테 더 맞을 수도 있다는 생각이 든 모양이다.
"증거 없으면 뒤져도 몰라. 알았어?"
바짝 겁을 먹은 용봉철이 내 눈치를 보며 기듯 도망쳤다. 그리고 바로 급하게 주차장으로 가서 차를 타고 빠르게 사라졌다.
"과속하시다가는 뒤지십니다."
그렇게 중얼거리고는 주머니에서 담배를 꺼내 물었다.
"저딴 새끼 때문에 담배를 못 끊네."
딸칵!
라이터를 찾아 주머니를 뒤적거릴 때 최은희가 내 옆으로 와서 라이터를 켜서 불을 붙여줬다.
"담배 끊었다며?"
"오늘부터 다시 끊어야지. 쩝!"
이래서 담배는 끊기 힘든 모양이다.
저런 쓰레기들이 하도 많아서.

* * *

부르릉!

용봉철은 빠른 속도로 차를 몰아 도로를 질주했다.

이사장한테 배신당하고 경멸하는 선생들의 눈빛과 함께 박동철에게 얻어맞기 해서 그런지 생각 이상으로 과속하고 있었다.

"개새끼, 그냥은 안 둘 테다."

하지만 이렇게 달리고 있는 상황에서도 용봉철의 차 앞바퀴에서는 바람이 조금씩 빠지고 있었다.

부으으웅! 부으으웅!

"시발, 나는 절대 안 죽어! 절대 여기서 못 무너져! 씨바아알!"

운전을 하면서 고래고래 소리를 지르는 용봉철.

그리고 그는 곧 급하게 커브를 틀었다.

끼이익!

휘청!

마침 커브 길은 바람이 빠져 있는 타이어 쪽으로 휘어 있었고, 달리던 차가 휘청하더니 그대로 전복되고 말았다.

그나마 하늘이 도왔는지 박동철이 찔러 넣은 주삿바늘은 앞꼭지가 전복될 때 튕겨져 나갔다.

"으, 으아아아악!"

거친 비명이 울려 퍼졌다.

"씨발!"

차가 뒤집혔고, 머리에서 피가 주르륵 흐르는 용봉철이다.

"씨발! 오늘은 되는 일이 없네."

빠아앙!

그때, 요란한 경적이 울렸다.

콰아앙!

그 순간 용봉철의 차를 따라오던 대형 트럭이 전복된 용봉철의 차를 피하지 못하고 충돌했고, 안전벨트를 매고 있지 않던 용봉철은 차 밖으로 튕겨져 나가 아스팔트에 머리부터 떨어졌다.
 쿵!
 "으윽! 씨, 발……."
 그게 마지막 용봉철의 유언이라면 유언이었다.
 그리고 멈춰 있던 오미선의 늦은 봄도 이제는 벚꽃이 떨어지듯 빠르게 지나갈 것 같았다.

제8장
망할, 주관식이라니!

용봉철은 그렇게 학교에서 떠났다.
갈 놈은 갔지만 정작 중요한 것이 남아 있었다.
바로 시험이다.
댕동댕~
시험을 알리는 종소리가 울렸다.
 책상에 앉아 내신에 반영되는 시험이라는 생각을 하며 정신을 가다듬었다.
 '진실을 보는 눈만 있으면!'
 공부는 안 해도 된다. 사실 공부를 하지 말까 하는 생각도 했다. 시험지만 보면 답이 보이니 공부할 필요가 없었다. 하지만 다시 사는 인생, 매 순간 치열하게 열심히 살고 싶다는 생각에 죽어라 공부했다.

진실의 눈 스킬을 이용해서 시험을 보면 그건 남몰래 사기를 치는 것과 같으니까.

'열심히 하자.'

나는 시험지를 받아 아는 문제부터 확인했다. 순간 멍해졌다.

'이런 망, 망할!'

몰랐다.

모의고사와는 다르게 기말고사는 주관식이 있다는 것을.

그리고 다급한 마음에 답안지를 봤다.

여전히 객관식의 답은 반짝였다. 하지만 주관식은 물음표가 떴다.

'뭐… 됐다.'

이 상태라면 등수가 떨어지는 것은 당연한 일이다. 결국 떨어지는 등수만큼 월요일 아침에 곡소리가 나게 될 것이다.

"휴우~"

나도 모르게 긴 한숨이 나왔고, 희희낙락하면서 문제를 풀고 있는 조명득을 힐끗 봤다.

"박동철이!"

시험 감독관은 쌤이었다.

"예, 쌤!"

"조명득이 꺼 본다고 그게 답이가?"

커닝하지 말라는 거다.

"그렇죠. 그냥 목 좀 풀어봤습니다. 아무리 그래도 모의고사 1등이 커닝을 하겠습니까?"

허세를 부려봤다.

하지만 월요일이면 쌤의 어깨는 나로 인해 꽤나 뻐근해질 것이다.

매타작도 체력이 없으면 못하는 일이니까.

"와 또 저 가지고 그랍니까?"

괜히 팩하는 조명득이다.

"마, 사실을 말하는 기다. 그라고 니, 똥칠이 꺼 보다가 걸리면 지기뿐다."

"드라버서 안 봅니다."

조명득은 발끈해서 대답하고는 시험 문제를 풀었다.

"내신에 반영된다. 똑디 풀어라. 대학만 가봐라~ 예쁜 가스나들이 줄을 선다. 서울 여시들이 니들한테 얼마나 살랑거리겠노? 여기랑은 별천지다. 알재?"

경상도 남자들은 서울 여자에 대한 환상이 있다.

물론 서울 남자들은 경상도 아가씨들의 귀여운 사투리에 환장하는 것도 안다.

다시 말해 경험해 보지 않은 것에 대한 동경이다.

오빠야~

이 사투리에 서울 애들이 녹아나는 것이다. 성깔이 얼마나 드센지는 모르고 말이다. 물론 서울 여자애들도 마찬가지일 것이다. 겉으로는 오빠~ 자기야~ 이러면서도 깍쟁이처럼 여시 짓을 하겠지만.

'쌤도 서울 여자에 대한 로망이 계시네.'

하지만 지금은 그게 중요한 것이 아니다.

쌤 말대로 똑디 풀어야 한다.

망할, 주관식이라니!

내 엉덩이한테 미안해하지 않으려면.

"예, 쌤!"

학생들이 모두 대답하고 시험 문제를 풀었다.

'일단 아는 것만 풀자.'

이대로 좌절할 수는 없는 노릇이다.

사실 진실을 보는 눈 스킬이 없었다면 모의고사 때 이 정도의 성적을 낼 수 없었다.

그러니 모든 것을 받아들여야 한다.

뭐, 빠따 한두 번 맞아본 것도 아니니까.

물론 월요일에는 내 엉덩이에 불이 나겠지만 포기할 것은 포기해야 한다.

나는 우선 객관식 문제부터, 그리고 아는 것 순으로 풀었다.

그래도 지금까지 공부한 것이 효과가 있었는지 저번 모의고사 시험보다 아는 문제가 더 많았다. 그리고 이해가 되는 문제도 많았고.

그렇게 나는 아는 문제부터 답안지에 적고 모르는 문제는 진실의 눈 스킬을 이용해서 답을 적었다.

문제는 주관식이다.

다행스럽게도 이번 시간에 나온 주관식 문제는 총 다섯 문제밖에 없었고, 그중에서 두 문제는 내가 아는 것이었다.

그럼 세 문제는 틀릴 수밖에 없다.

상위에서 한 문제 틀리면 등수는 쭉 떨어지게 된다.

아마 이 세 문제 때문에 20등은 떨어질 것 같다.

그럼 빠따 20대다.

'망했다.'

그렇게 시험은 진행됐고, 모든 과목을 합쳐 총 열두 문제의 주관식을 풀지 못했다.

'적어도 50등은 떨어졌을 텐데······.'

"시험 잘 봤나? 또 1등이가?"

조명득이 이죽거리며 내게 물었다.

"당연하지."

"진짜로?"

"힐끗 보니까 고민하던데?"

"치아라!"

"오! 영혼이 담겨 있는 사투리네. 시험도 끝났고 오늘은 야자도 없고, 진탕 놀아야겠다."

"처 노세요."

"왜 화를 내노? 시험 망쳤나?"

"됐거든."

"주말에 뭐 할 낀데?"

"공부해야지."

"이게 단디 미쳤나? 진짜 노는 날에도 공부를 한다꼬?"

"해야 할 일이 생겼다."

객관식은 아무 문제가 없다. 하지만 이제부터는 주관식 문제 위주로 풀어야 한다.

'이러다가 서울대 못 간다.'

특히 서울 법대는 절대 못 갈 것 같다.

"그건 그렇고, 니 그 소리 들었나?"

"뭐?"

"니를 묵사발로 만든 이창명이 사람 죽이고 교도소 갔단다."

예상한 일이다.

"으음……."

보통 조직에 들어가면 그렇게 도구로 쓰인다. 이창명을 스카우트한 칠승파는 어린 이창명에게 칼을 쥐어준 것이다.

'조폭은 악이다.'

이 세상에서 조폭이 사라져야 할 이유일 것이다.

아마 이창명은 초범이라서 7년 정도 뺑뺑이 돌게 될 것이다. 길면 10년이고.

만약 칠승파가 모른 척한다면 그 이상이 될 수 있었다.

하지만 조직에서 이창명이 앞으로도 쓸모가 있다고 생각한다면 변호사를 붙여줄 것이고 형량은 최소 5년에서 7년이 될 것이다.

그뿐만이 아니라 교도소에서도 꽤나 편의를 봐줄 것이다.

하지만 결국 이창명은 열아홉 살에 인생을 망친 꼴이 됐다.

비록 지금은 그 스스로 깨닫지 못하겠지만 말이다.

"사람을 죽였단다."

내가 별 반응이 없자 조명득이 다시 한 번 강조하듯 말했다.

"그래서?"

"그렇다고."

"불쌍한 새끼. 7년 정도 빵에서 살면 아무것도 못해."

"조폭으로 살긋제."

"그러고 나서?"

"모른다, 내도."
"그러니까."
결국 이창명은 그렇게 조폭이 되고 만 것이다.
벌컥!
"선배님!"
그때 김수용이 급하게 문을 박차고 들어서더니 조명득을 보곤 바로 머리를 숙였다.
"마, 문 빠개지겠다."
"빅뉴스입니다, 빅뉴스!"
"이창명이?"
나는 김수용을 보며 물었다.
"그 선배가 왜요?"
김수용이 말한 빅뉴스는 이창명 이야기는 아닌가 보다.
"뭔데?"
"용봉철이가 교통사고로 죽었답니다."
김수용의 말에 나도 모르게 인상을 찡그렸다.
사인은 교통사고라고 하지만 결국은 내가 죽인 것이다.
아니, 하늘이 천벌을 내린 것이고 지옥으로 이끈 것이다
"잘 뒈졌네."
조명득이 퉁명스럽게 말했다.
"죽으면 다 끝나는 거다. 그만해라. 그래도 선생님이었잖아."
마음이 씁쓸했다.
"그게 선생님은 무슨……."
"그만하라고!"

나도 모르게 버럭 소리를 지르자 조명득이 내 모습에 겁을 먹었다.

"…알았다."

"휴우……."

그저 이 순간 길게 한숨만 나왔다.

오미선을 위해 어쩔 수 없이 한 일이지만 이것도 죄라면 죄다.

하지만 분명한 것은 악인이 향할 곳은 지옥밖에는 없다는 것이다.

'움직이지 않는 정의는 무능보다 더한 악이다.'

나는 무능한 정의보다는 행동하는 악이 옳을 때가 있다는 것을 안다. 그리고 이제부터 나는 행동하는 악이 될 생각이다. 다만 그 악을 정의를 위한 수단으로 쓸 생각이다.

대한민국의 법은 너무 약하니까.

"그건 그렇고, 우리 내일 돝섬 가기로 했는데 같이 갈래?"

조명득이 내 눈치를 보며 물었다.

"돝섬? 뭐 하려고?"

사실 돝섬은 초등학교 소풍부터 고등학교 소풍까지 마산에서 학교를 다니다 보면 자주 가게 되는 곳이다.

창원이면 용지 못으로 가고, 마산은 돝섬으로 간다. 즉 주구장창 지겹도록 다니던 곳이다. 그리고 거긴 양아치들이 몰리는 곳으로도 유명했다.

그 근처인 신포동에 집창촌이 있기 때문이다.

"그럼 부산 해운대 갈까?"

"됐다. 공부할란다."

"니가 가기 싫어도 가야 할 기다."

"왜?"

"은희가 가잔다."

"쩝!"

이래서 고등학교 다닐 때 연애질을 하면 성적이 떨어지는 모양이다. 가기 싫어도 가야 할 일이 생기니 말이다.

"걔는 왜?"

"모른다. 가잔다. 답답하다고. 미선이도 좀 우울한 것 같고."

"가야지, 그럼."

"치사한 새끼! 친구가 가자고 할 때는 안 간다고 하더니 깔따구가 가지니까 두말없이 간다네. 의리 없는 새끼!"

"그럼 너도 깔따구를 만들던가!"

"만들었다."

조명득이 씩 웃었다.

"너, 설마?"

이 순간 내 머리에 떠오는 것은 오미선이다.

공원에서 술을 진탕 마시고 최은희를 집에 데려다 주기 위해서 헤어졌을 때 남은 것은 조명득이랑 오미선뿐이었다.

'머리에 피도 안 마른 놈이……'

물론 그렇다고 해도 마냥 어린애도 아니지만 말이다.

하여튼 그날은 기분이 너무 꿀꿀해 좀 많이 마셨다.

그게 화근이라면 화근인 것 같다.

"술이 웬수다. 히히히!"

"너, 혹시!"

"뭐 상상을 하든 그 이상일 기다."
"이게 미쳤나?"
"와? 나는 연애하면 안 되나?"
"너 혹시……!"
매섭게 조명득을 째려보자 김수용이 잔뜩 궁금하다는 눈빛으로 우리를 봤다.
"그런데 너는 네 교실에 안 가나?"
내 눈빛이 김수용에게 향하는 순간 김수용이 급하게 일어났다.
"갑니다, 가요. 그런데……."
"뭐?"
"형수님들이 누구신지는 알아야 인사라도 하고 다닐 것 아닙니까?"
이거 덩치에 맞게 의리가 있다.
"자는 최은희! 나는 오미선!"
역시다.
"예, 알겠습니다, 형님들! 히히히!"
그렇게 김수용이 급하게 교실을 나갔다.
"너, 따먹었지?"
"궁금해?"
원래 이 나이 때는 이런 것이 무용담이다.
"말해라. 너 뒤진다."
"아직 뽀뽀도 못했다."
순간 안심이 됐다. 똘기 충만한 조명득이지만 거짓말은 안 하는 놈이니 사실일 것이다.

"괜한 짓 하지 마라."

"우리 사귀기로 했다. 돌섬에도 같이 가기로 했고."

"진짜 사귀는 거야?"

"어브코스!"

"너, 장난으로 사귀는 거 아니지."

그 순간 조명득의 눈동자가 지금까지 한 번도 보지 못한 진지함을 내게 보였다.

"니는 장난으로 연애하나?"

조명득이 나를 뚫어지게 봤고 나 역시 조명득을 봤다. 괜히 미안하다는 생각이 들었다. 여자와 남자가 만나고, 사귀고, 사랑하는 일에 정답도 오답도 없을 것인데 내가 조명득의 마음을 어른들의 잣대로 짐작한 것이 미안해졌다.

"…미안해."

"치아라~ 친구끼리 미안한 거 없다."

하여튼 그렇게 나는 최은희와, 조명득은 오미선과 사귀게 됐다.

그리고 망할 놈의 김수용 때문에 학교에 소문이 쫙 났다.

2학년인 김수용이 최은희와 오미선에게 90도로 인사하면서 형수님이라고 했으니 소문이 안 나려고 해도 안 날 수가 없었다.

* * *

골목길.

터벅터벅!

오늘은 쓸쓸한 날이다.

그래서 혼자 집에 가기로 했다.

기필코 따라붙으려는 조명득도 뿌리치고 집으로 향했다.

터벅터벅!

항상 나불나불 떠들어대던 조명득이 없으니 집으로 가는 골목길이 다른 때와 달리 길게 느껴졌다.

이런 느낌은 처음이다.

따르릉~ 따르릉~

전화 벨소리에 나도 모르게 흠칫 놀랐다.

따르릉~ 따르릉~

또 ARS다.

전화기에 다가서려고 할 때 동네 슈퍼 아줌마가 신기하다는 눈으로 전화를 보더니 받았다.

"여보시소?"

말이 없는 것 같다.

"뭐꼬?"

뚝!

아줌마가 전화를 끊고 슈퍼 안으로 들어갔지만 나는 서성거릴 수밖에 없다.

따르릉~ 따르릉~

그때 다시 벨이 울렸다. 나는 바로 뛰어가 전화를 받았다.

—진실의 눈이 업그레이드되었습니다. 선악의 저울이 수치화됩니다.

"뭐, 뭐라고?"

—**당신의 성향은 현재 악입니다. 하지만 누군가에게는 선입니다.**

뚝!

그리고 전화는 끊겼다. 절대적인 것은 없다는 것이다.

ARS는 나를 악으로 규정했다.

맞다. 나는 악인이다.

하지만 후회는 없다.

"선과 악은 절대적인 것이 아니잖아?"

상대적으로 보면 오미선에게 나는 구세주다.

그러니 절대 악과 참된 선은 같이 손을 잡고 찾아오는 손님과 같다.

"학상!"

그때 슈퍼 아줌마가 나를 불렀다.

"예, 아줌마!"

"공중전화 고장 난 것 같아."

"그러네요. 이거 완전히 고장 났네요. 헛소리나 삑삑 하고."

내 말에 아줌마가 뭔 소리를 하냐는 눈빛으로 나를 봤고 나도 아줌마를 봤다.

'어, 뭐지?'

ARS의 말대로 진실의 눈이 업그레이드된 것인지 슈퍼 아줌마의 머리 위에 반투명한 저울이 어느 한쪽의 쏠림도 없이 중심을 잡고 있다. 방금 전까지도 없던 현상이다.

'정말 업그레이드가 됐다!'

저울이 중심을 잡고 있는 것은 당연한 일일 것이다.

평범한 동네 슈퍼 아줌마가 죄를 지으면 얼마나 지을 수 있겠는가?

대부분의 사람은 다 저럴 것 같다.

선악을 구별할 수 있는 이 능력은 아마 내가 검사가 된다면 엄청난 힘이 될 것이다.

*　　　　*　　　　*

내 방.

"주관식 위주로!"

공부의 방향이 잡혔다. 객관식은 진실의 눈 스킬을 이용하면 된다.

그러니 이제부터는 부족한 주관식만 죽어라 풀면 된다.

그리고 공부를 좀 해보니 시험 문제라는 것이 거기서 거기였다.

벌컥!

그때 민소매를 입은 누나가 문을 벌컥 열고 들어왔다.

"야, 똘빡!"

여전히 누나한테 나는 똘빡이다.

"노크 좀 해라."

"왜? 이상한 짓 했어?"

누나는 마치 아저씨처럼 씩 웃었다.

"누나!"

나는 버럭 소리를 질렀다.

"됐고, 담배 좀 줘."

"돈도 벌면서 사서 피워!"

"이게 또 까부네."

퍽!

"으윽!"

또 한 명 있다.

쌤 말고 내 뒤통수를 마음껏 후려칠 수 있는 사람이 말이다.

"달라니까."

"끊었어."

"정말?"

"끊었어."

"그런데 너, 설마 공부하는 거니?"

누나의 목소리가 살짝 달라졌다.

"왜? 나는 공부하면 안 돼?"

"안 되는 건 아니지만 왜? 갑자기 고3 티 내냐?"

"동생이 공부를 하고 있으면 좀 나가줄래?"

"너 어디 아프니?"

"안 아프거든."

"아빠!"

누나가 급하게 아버지를 불렀다.

"왜?"

아버지는 마치 기다렸다는 듯이 급하게 달려왔다.

"왜?"

"이 똘빡 어디 아픈가 봐요. 공부를 다 해요."

"공부하기로 했다."
"아셨어요?"
"우리 아들 변했다."
"무슨 일이래?"
당한 것만큼 돌려줘야 할 때라는 생각이 들었다.
"아버지!"
"그래."
"누나 담배 피운대요."
나는 바로 아버지한테 코를 발랐고, 누나의 표정이 굳어졌다.
"너, 담배 피나?"
"그, 그게……."
누나는 내게 눈을 흘기며 말꼬리를 흐렸다.
"끊어라. 말세도 아니고 가스나가 무슨 담배고."
"쟤도 펴요."
누나가 같이 죽자고 고자질을 하자 나는 아버지를 빤히 보고 말했다.
"저는 끊었습니다. 담배 피우면 뇌세포가 죽는다고 해서요."
"나도 들었다. 쌤한테."
쌤과 아버지는 나 몰래 긴밀하게 소통하고 있나 보다.
"그리고 은희하고 사귄다며?"
쌤도 별소리를 다 했다.
"…예."
"지킬 것은 지키고!"
"예."

"너 연애질도 하냐?"

누나가 놀란 눈으로 내게 물었다. 꼴통이 할 건 다 한다는 눈빛 그 자체다.

"관심 끄시고 담배나 끊어."

"너는 나랑 이야기 좀 하자."

아버지가 누나를 보며 말하고 내 방에서 나갔다.

"너, 나중에 죽었어."

"담배나 끊으셔."

이런 평범한 일상이 행복이라는 것을 알았다면 회귀를 안 했어도 내 인생은 참 많이 달라졌을 것이다.

"그건 그렇고, 엄마는 또 늦으시네. 쩝!"

회귀한 지 한 달이 훌쩍 넘었지만 엄마를 본 적이 몇 번 없다. 그러고 보니 잊고 있었다.

회귀를 하지 않았다면 지금 이 시기에 나는 교도소에 있었다.

2년을 교도소에서 살았고, 출소한 후에는 집이 풍비박산이 나 있었다는 것을 말이다.

'원인은… 엄마였어.'

이 엄청난 사실을 이제야 떠올리다니 내가 공부에 미친 것은 확실했다.

"너까지 그러면 아빠는 힘들다."

"죄송해요. 하도 답답해서……."

내가 들을 수 없게 핵심 단어는 사용하지 않는 것 같다.

하지만 말하지 않아도 알고 있다.

엄마가 뭐에 빠져 있는지를.

내가 알고 있는 일이 본격화되면 우리 집은 풍비박산이 난다.
'막아야 한다.'
하지만 어떻게 풀어야 할지 답이 나오지 않았다.
'차라리 확 신고를 할까?'
인간을 바닥까지 끌고 가는 것은 몇 가지로 요약할 수 있다.
종교, 마약, 도박.
맞다.
엄마는 이맘때쯤 도박에 빠졌다.
지금 이 시점이 딱 엄마가 그 늪에 빠지기 시작한 단계일 거라는 생각이 들었다.
이 시점이 지나면 평범하지만 행복한 가정이 깨지게 된다.
그리고 나는 그 시점에 교도소에 있었다.
만약 신고를 한다면 엄마는 범죄자가 될 것이다.
그리고 운이 없어서 신고를 당했다고 생각할 것이다.
우리 집안을 지키려면 신고만이 답이 아니었다. 도박의 망상에서 벗어나게 해줘야 한다.
물론 그게 결코 쉬운 일은 아니겠지만.
그리고 신고를 해도 누가 신고했는지 금방 알게 될 것이고, 그럼 직접적인 보복이 내게 향하게 될 것이 분명했다. 그렇다고 해서 나 혼자 혈기 넘치게 도박 하우스를 깰 수도 없다.
그것들도 조직이라면 조직이니까.
'방법이 없네.'
하지만 그냥 있을 수도 없다.
"네 엄마도 금방 정신을 차릴 거야."

"제 월급 차압이 들어왔어요. 휴!"
"동철이 듣겠다."
"…예."
상황은 내가 알고 있는 것 이상으로 심각한 것 같다.
'문제네.'
절로 인상이 찡그려졌다.
하지만 지금 당장은 내가 해결할 방법이 없었다.

제9장
돋섬은 다시는 안 갈래

돌섬.

공부할 시간도 없는데 돌섬이라니, 젠장!

엄마의 일도 생각났는데 한가하게 돌섬에 놀러 가는 것이 어이가 없었다. 물론 엄마의 일은 당장 해결할 수 없는 일이지만.

하여튼 최은희가 가자고 하니 어쩔 수 없이 따라왔다. 사실 아는 사람은 알겠지만, 돌섬에 볼 것은 없다. 그냥 할 일 없는 양아치들이 딱 놀기 좋은 곳이다.

으슥한 곳이 많으니 말이다.

"니들, 손에 땀 차겠다."

조명득이 최은희와 손을 꼭 잡고 다니는 나를 보며 이죽거렸다.

"너희들도 잡아라~"

괜한 소리를 한다며 최은희가 말하자 조명득이 웃었다.

"그럴까, 그럼?"

결국 조명득의 노림수는 서먹서먹한 오미선과 손을 잡는 거였고, 최은희가 멍석을 깔아주자마자 덥석 오미선의 손을 잡았다.

오미선은 살짝 부끄러운 표정을 지어 보였지만 조명득의 손을 뿌리치지는 않았다.

"여기 바람도 시원하고 좋네."

나는 최은희가 오자고 권유한 곳이라 괜히 왔다는 말은 못하고 엉뚱한 소리를 했다.

"개나 소나 다 온다는 돌섬이라며?"

조명득이 나불거렸다.

'저게 또 지랄이네.'

나는 조명득을 째려봤다.

"니들 거기서 뭐 하니!"

그때, 어디선가 젊은 아가씨의 앙칼진 목소리가 들려왔다.

우리한테 하는 소리인가 하고 돌아봤지만 구석에서 담배를 피우고 있는 다른 학교 양아치들 보고 어떤 아가씨 하나가 하는 소리였다.

저런 으슥한 곳에서 저런 양아치들에게 훈계한다는 것은 미친 짓이다.

'겁도 없네.'

돌섬에는 으슥한 곳이 꽤 많다. 그래서 양아치의 천국이고.

사실 돌섬에 양아치들이 많이 몰리는 것은 신포동이 있기 때문이다.

신포동 하면 떠오르는 것은 사창가이다.

다시 말하자면 돝섬은 총각 딱지를 떼길 원하는 양아치들이 많이 모여드는 곳이라 할 수 있었다.
 "너희들, 학교가 어디야?"
 아가씨는 씩씩거리고 있는데 담배를 꼬나물고 있는 양아치는 웃긴다는 듯 자신들을 훈계하려는 아가씨를 재미있다는 듯 보고 있다.
 '이러다 일 나겠네.'
 대낮이지만 이 주변은 으슥했다.
 양아치들이 이런 곳에서 저런 아가씨를 보게 되면 신포동이 아닌 이곳에서 총각 딱지를 뗄 생각을 할 수도 있을 것 같다.
 '옷 입은 꼴도 좀 그렇고……'
 참하게 생겼는데 치마가 무척이나 짧았다.
 젊은 아가씨이니 당연하게 멋을 부리는 거겠지만 말이다.
 "담배 안 끄니? 어른이 말하면 하는 척이라도 해야 하는 거 아니야?"
 "신경 꺼!"
 양아치가 다짜고짜 반말을 찍찍 내뱉었다. 그러면서 눈빛이 묘하게 변했다.
 그리고 양아치 중 하나가 우리를 발견했는지 노려봤다.
 꺼지라는 거다.
 그럼 결론은 하나다.
 "미쳤네."
 조명득이 인상을 찡그렸다.
 조명득도 나랑 똑같은 생각을 하는 것 같다.

"어떻게 해?"

최은희가 옛날 일이 떠오르는지 손이 부르르 떨리고 있다.

"너희들, 어느 학교 다녀?"

딱 포스가 선생님이나 교생 같다. 그것도 스스로를 책임질 수 없는 그런 혈기왕성한 나이의 교직원.

사실 내 식대로 표현한다면 선생님의 나와바리는 학교다. 학교에서는 절대적인 존재지만 학교만 나오면 초라해진다. 그리고 저렇게 여리게 보이는 여자는 더했다.

게다가 세상은 갈수록 험해지고 있다. 시간이 흐를수록 저런 여자는 점점 자신의 입장이 축소될 것이다.

"갈까?"

조명득이 심심하던 차에 잘됐다는 듯 내게 속삭였다.

최은희와 오미선이 걱정스러운 눈으로 나를 봤다.

누가 봐도 저쪽이 쪽수가 더 많으니 말이다.

"그냥 가면 정의의……"

무용담을 늘어놓고 싶은 모양이다. 하지만 내가 바로 노려보자 말꼬리를 흐렸다.

"가만히 있어."

"안 봐도 비디오다."

"그러니까 기다려."

"갈 거지?"

"가야 하면!"

못 봤으면 모를까, 봤으니 그냥 돌아설 수는 없었다. 여기는 돌섬이고 괜한 일에 휘말릴지도 모른다.

"학교 안 다니는데?"

양아치 하나가 이죽거리듯 말했다.

그들의 행색은 내가 봐도 학교는 안 다닐 것 같았다.

말 그대로 퇴학을 당했거나 자퇴를 한 양아치들이다.

"뭐?"

"깔따구, 야시시하네!"

본색을 드러내는 양아치들이다.

겉으로 보기에도 나이 차가 별로 나 보이지 않았다.

많이 차이나 봐야 네 살 정도일 것이다. 그리고 저 양아치들 중에 생일이 빠른 놈이 있다면 그 나이의 차이는 세 살로 줄어든다.

세 살 차이.

학생 때는 큰 차이지만 사회로 나가면 그리 큰 차이도 아니다. 그리고 남녀 간에 세 살 차이면 맞먹을 수도 있다.

남자와 남자의 나이 차이는 하늘이 두 쪽 나도 선배와 후배, 연장자와 어린놈으로 정의가 되지만 남자와 여자의 나이 차이는 아무런 장벽이 없다.

"어떻게 해?"

"일단 보고."

나는 최은희의 손을 놓고 양아치들을 노려봤다.

그리고 곧 양아치들이 본격적으로 행동했다.

"우리랑 놀래?"

딱 에워싸는 폼이 익숙한 게 으슥한 밤에 '야~ 그림 좋다!', 이런 삼류 대사 몇 번은 날려 본 놈들인 것 같다.

"무, 무슨 소리를 하는 거야!"
"어, 혹시 아다야?"
아니, 저것들은 더 노골적이다.
놈들의 눈빛을 보니 아주 작심한 것 같다.
이러니 똥은 건드리는 것이 아니었다.
"뭐, 뭐라고?"
순간 아가씨의 표정이 굳었다.
이제야 상황 파악이 된 모양이다.
주위를 살펴보더니 이곳이 꽤나 으슥한 곳이라는 것을 깨달은 것이다.
"캬~ 치마도 옥수로 짧네. 신포동 갈라 했는데 여기서도 해결하겠네."
저 새끼들이 돌섬에서 죽치고 있는 것은 해가 지기만을 기다린 것이다.
'총각 딱지를 이런 곳에서 뗄라 하네.'
물론 내 추측이지만 말이다. 아니면 신포동을 제법 많이 다닌 놈들인지도 모른다.
'나는 총각이었나?'
어이가 없는 것은 나에 대해서 내가 정말 모른다는 것이다. 더 정확하게 말하면 기억이 잘 나지 않았다.
이 순간에 그런 생각을 하자 나도 모르게 최은희를 힐끗 봤다.
'떡이네, 떡!'
먹기 좋고 보기 좋은 그림의 떡 말이다.

"이리 와봐~ 우리랑 놀자~"
역시 예상대로다.
그리고 곧 양아치 하나가 아가씨의 허리를 휘어 감았다.
"까아악!"
그리고 아가씨가 비명을 질렀다.
"이거 못 놔!"
처음에는 비명을 질렀지만 앙칼지게 소리를 지르는 아가씨였다.
겁 없이 양아치한테 훈계질을 하려다가 험한 꼴을 당하게 됐다.
그리고 보니 요즘 애들이 무서워지고 있었다.
물론 내 기억에 있는 미래에서는 더했지만 말이다.
"야, 이 새끼들아!"
버럭 소리를 지르며 그들에게 다가가자 양아치들이 모두 나를 노려봤다. 마치 한참 재미를 보려는 순간인데 왜 나서냐는 눈빛이다.
그리고 보니 저것들은 우리는 안중에도 없었다. 그리고 어쩌면 저들의 목표가 훈계질을 한 아가씨가 없었다면 우리였을지도 모른다는 생각이 들었다.
"그 손 놔라!"
"넌 뭐야, 이 새끼야?"
"어디서 개지랄이야!"
"이게 뒤질라고!"
양아치들이 각자 한마디씩 했다.

딱 보니 저것들도 덩치만 불린 주둥이 파이터다.
"확 눈깔을 뽑아버리기 전에 눈 깔아라, 씨발 놈아!"
"잠깐! 너, 동철이네?"
나를 알아보는 새끼가 있다.
생각보다 일이 편해질 것 같다.
저번 공원에서처럼 놈들이 내 이름만 듣고 그냥 겁먹고 도망칠 수도 있으니 말이다.
"알면 당장 꺼져."
다소 위협적으로 경고했다.
"새끼, 가오는. 교도소 간 이창명 선배한테 깨졌다면서?"
내 스스로 깨뜨린 전설 때문에 저것들이 겁을 상실한 것 같다. 그리고 오 대 일이다.
물론 명득이도 있지만 전력이 될지는 모르겠다.
"그래도 니들 깰 정도는 된다."
"아는 사이끼리 왜 이래? 그냥 못 본 척하고 니 깔따구나 데리고 가~"
아는 사이?
나는 기억이 없지만 놈은 나를 아는 모양이다. 그만큼 과거의 나는 양아치였다.
"그냥 갈까?"
"가!"
"가지, 뭐."
나는 잔뜩 겁먹은 아가씨의 손을 잡았다.
"가요, 누나! 괜히 이런 곳에서 설치니까 험한 꼴을 당하잖아요. 성깔은 남자 친구한테나 부리는 거거든요."

"으응……."

"잠깐, 그 손은 놓고 가야지!"

양아치 하나가 내 행동에 버럭 소리를 질렀다.

저 양아치 새끼들도 미친 것 같다.

제정신이라면 나로 인해 산통이 깨졌으면 포기해야 하는데 그럴 마음이 없어 보인다.

"김샜으면 그만 좀 내라."

"뭐?"

"가던 대로 신포동 가라! 거기 많잖아? 5만 원이면 된다더라."

신포동?

아는 사람은 다 안다.

"너나 꺼져라, 씨발 놈아! 눈깔의 먹물을 쪽 빨아버리기 전에."

나에 대한 전설이 깨지니 저런 양아치도 엉겨 붙는다. 그리고 양아치 중 하나가 허리에 차고 있던 과도를 내게 보여줬다.

"배때지에 구멍 나기 싫으면 꺼져."

"내가 경고하는데, 그거 뽑으면 넌 뒤진다, 양아치 새끼야!"

겁날 것은 없다. 칼을 들었다고, 그리고 찔렀다고 사람이 그대로 죽는 것은 아니다. 심지어 칼로 찌르면 다 몸속으로 숙숙 들어가는 줄 안다.

물론 상처는 난다. 하지만 칼을 잡을 줄 모르는 놈은 찌르는 순간 자기 손가락부터 나간다.

그러니 마지막 힘을 가할 수 없다. 그래서 초보는 사람 죽이기도 쉽지 않다.

물론 칼은 위험한 물건이다.

"어디 한번 뒤져 보자, 씨발 놈아!"

양아치가 끝내 칼을 뽑아 들었다.

"나 박동철이야."

예전에는 이름말 말해도 설설 기었을 것이다. 하지만 이제는 그게 잘 안 먹힌다.

"다구리에 장사 없다, 이 새끼야!"

나랑 뜨자는 거다. 쪽수만 믿고 설치는 것이다. 심지어 칼도 있으니 겁날 것이 없다는 것이다.

"다구리도 다구리 나름이지."

"씨바아알 새끼!"

겁도 없는 새끼가 먼저 나를 향해 주먹을 휘둘렀다.

퍼어억!

"컥!"

난 놈이 휘두른 주먹을 고개를 젖혀 피하고 그대로 오른발을 올려 놈의 목을 걷어찼다.

내 발은 놈의 목젖에 정확히 꽂혔고, 놈은 숨도 못 쉬고 컥컥거렸다.

"나 아직 안 죽었다, 이 새끼야!"

"씨발! 조져!"

그 순간 양아치 넷이 내게 달려들었고, 그와 동시에 조명득이 합류했다.

나는 제일 먼저 칼을 든 놈을 향해 킥을 날렸다.

픽!

휘리릭!

푹!

놈의 손목에서 벗어난 칼이 멀리 튕겨 날려가더니 나무에 푹 박혔다.

"이, 이게……!"

퍼퍼퍽!

"으악!"

주먹으로 연속해서 놈을 깠다.

회귀하기 전의 나는 사시미를 보인 놈은 그냥 두지 않았다. 최소한 평생을 병신으로 살게 만들었다.

하지만 저것들은 철이 없어서 저러고 사는 것이다.

즉 갱생의 여지가 있으니 몇 대 쥐어박고 끝내면 된다.

"누가 내 친구를 건드려!"

오 대 이의 싸움이 시작됐다.

하여튼 조명득은 주먹보다 입으로 먼저 싸운다.

버럭 소리를 지르거나 나불거리는 것부터 시작하니까.

전형적인 주둥이 파이터다.

물론 싸움을 아예 못하는 것은 아니다.

다만 나와의 격차가 너무 커서 주둥이 파이터 소리를 듣는 것이다.

퍽퍽! 퍼퍽!

"으윽!"

쿵!

"아악!"

비명 소리가 난무했고, 결국 바닥에 쓰러진 것들은 양아치들이었다.

"꿇어!"

썩어도 준치라는 말이 있다.

사실 따지고 보면 과거의 나는 이 정도로 강하지는 않았다. 하지만 현재 내 영혼은 40대이고 전국구 조폭이던 시절의 경험과 지식이 있다. 그 싸움 경험이 지금의 나를 더 강하게 만들어 놓은 것이다.

그리고 이 순간 표정이 굳어 있던 아가씨는 내 싸움 실력에 멍하니 바라만 보고 있다.

"너희 이제 한 번이라도 내 눈에 띄면 뒤진다."

"으, 으응……."

"알아들었으면 꺼져!"

내 말이 끝나는 순간 양아치들이 허겁지겁 도망쳤다. 하지만 도망치면서도 한 새끼가 나를 째려봤다.

'일이 꼬이는 건 아닌지 몰라.'

신포동은 누가 뭐라고 해도 우범지대이다. 그리고 저렇게 몰려다니는 것들은 간혹 나이만 처드신 양아치들과 연결되곤 한다.

* * *

합성동에 위치한 도박 하우스.

"한 여사님~ 오늘 운이 없으셨나 보네요."

한 여사라고 불린 중년 여성은 바로 박동철의 엄마였다.

"…예."

"밑천이 달려서 그래요. 섰다판에서는 밑천이 반 이상이라니까요."

"그건 알지만……."

"밀어드릴게요. 제대로 한번 해보세요."

"저번에 빌려주신 것도 아직 못 갚았는데……."

"안타까워서 그러죠. 사실 아시겠지만 여기 대부분이 호구잖아요."

물론 이 도박 하우스에 있는 사람들은 모두 호구다. 박동철의 엄마까지 말이다.

"그렇기는 하지만……."

사실 박동철의 엄마는 동네에서 심심풀이로 하는 콩나물 값 고스톱에서는 고수였다. 하지만 타짜들이 있는 이런 곳에서는 호구일 수밖에 없었다.

"꽁지 한 5천 정도 쓰세요."

악마의 유혹이다.

"5, 5천이라고요?"

"예, 밑천이 5천이면 반드시 따실 겁니다. 밑천이 두둑하니까요."

"…예."

결국 콩나물 값이라도 벌어보겠다는 마음으로 시작한 화투가 파국으로 향하고 있었다.

* * *

고층빌딩에 위치한 고급 사무실.

"결정하세요."

최문탁이 담담한 어투로 말하며 시계를 보고 있다.

최문탁의 앞에는 이사장이 굳은 표정으로 이러지도 저러지도 못하고 있다.

"저한테… 왜 이럽니까?"

"보여드린 서류로 부족합니까?"

"이, 이, 이 정도는 사립 학원 재단에는 다 있는……."

"애들한테 쓰레기를 먹이면 안 되죠. 그리고 오진철 선생하고 용봉철 선생 아시죠?"

오진철은 국어선생이다.

죽은 용봉철에게 매수당한 선생이기도 하다. 물론 압력에 의해 어쩔 수 없이 가담했지만 말이다.

"뭐, 뭐라고요?"

"아들 좋은 대학 보내려고 노력을 많이 하셨더군요."

최문탁의 말에 더욱 표정이 굳어진 이사장이다.

"그래서요?"

순간 이사장이 강한 어투로 변했다.

"좋게 도장 찍고 물러나라는 겁니다. 밝혀져서 좋을 것 없잖습니까?"

"그 땅이 얼마짜리인데 겨우 5억에 꿀꺽하려는 겁니까!"

5억이면 날로 먹는 것과 다름없다.

"계약을 안 하시겠다는 겁니까? 저, 시간 없습니다. 이제 중요한 분 모시러 가야 하거든요."

"그 금액으로는 절대 못합니다. 학교 이전하고 아파트 단지만 되어도 100억은 됩니다. 이런 식으로 협박하시면 저도 가만히 당하고 있지만은 않을 겁니다."

"아이고, 이사장님, 제가 양복 잘 입고 이러고 있으니 조폭처럼 안 보입니까? 저, 칠승파입니다. 왜, 마산 변두리 양아치들 뒤에 숨어보시려고요? 잘못 걸리셨습니다. 운도 없이."

"으음……."

"이제 1분 남았습니다. 1분 안에 결정하세요. 결정 못하시면 저희는 저희 식대로 갑니다. 대한민국에서 하루에 실종되는 사람이 몇이나 될 것 같습니까?"

"지, 지금 협박하는 거요?"

"예, 협박입니다. 그리고 우린 계속 언론플레이 할 겁니다. 마산일보를 시작으로 경남일보, 그리고 서울에 있는 중앙지까지 쫙 돌릴 겁니다. 버티실 수 있겠습니까?"

"정, 정말 왜 이럽니까?"

"운이 나쁘셨어요. 자세한 것은 말씀을 드릴 수 없고, 그냥 그렇게만 아시면 됩니다."

"설마 재개발 때문에 그럽니까?"

"그 학교는 그대로 그 자리에 있을 겁니다."

재개발 때문도 아니라는 최문탁의 말에 이사장은 이해가 되지 않았다.

"참! 저희 직원들이 집 앞에 대기하고 있습니다."

돝섬은 다시는 안 갈래

"뭐, 뭐라고요?"

"학교에도 보냈고요."

"이……!"

"찍으세요. 많이 해 드셨잖습니까. 참고로 이 자리에서 그냥 나가면 배변 통 달고 사셔야 할 겁니다."

"…내가 가만히 있을 것 같소?"

"뭐든 하셔도 됩니다."

최문탁의 말에 이사장의 표정이 굳어졌다.

"그래도 5억은……."

"7억! 아니면 사고는 항상 일어나니 나중에 사모님과 이야기하죠."

"으음……. 좋소."

결국 굴복할 수밖에 없는 이사장이다. 모든 비리를 최문탁이 파악하고 증거까지 확보해서 내밀었기에 어쩔 수가 없었다.

물론 이사장은 모르는 일이라고 우길 수도 있지만 차명계좌까지 파악해 놓은 상태에서 빠져나갈 구멍은 없었다.

그렇게 칠승파는 학교를 먹었다.

"잘 생각하셨습니다. 모든 행정 정리는 한 달 안에 진행되었으면 좋겠습니다. 피차 얼굴 보기 그렇잖습니까?"

"…알겠소. 두고 봅시다."

"예, 힘이 생기시면 언제든지 찾아가십시오. 그럼 저는 바빠서 이만……."

도장을 찍은 이사장이 최문탁에게 물었다.

"…왜 이러는 겁니까?"

"운이 없으셨습니다. 그렇게만 아시면 됩니다. 그럼 저는 바빠서."

* * *

도움을 받아서 그런지 아가씨는 우리한테 음료수를 사줬다.
"고마워!"
나를 보는 눈빛이 반짝이고 있다. 은근슬쩍 최은희가 내 옆에 와서 내 손을 꽉 잡았다.
최은희는 남자가 모르는 여자의 눈빛을 감지한 것 같다. 그리고 이건 내 거라는 영역 표시를 하듯 손을 잡은 것이다.
"조심하세요. 이런 곳에서 괜히 나서면 험한 꼴 당해요. 세상이 예전 같지 않아요."
나도 모르게 꼰대처럼 말해 버렸다.
"세상이?"
"하하하! 그렇다고요."
"그건 그러네. 소풍 온 추억이 떠올라서 왔는데 지금 생각해 보니 내가 무모했네."
"알았으니 다행이이요. 앞으로는 혼자 다니지 마세요."
이 누나는 나를 만나서 인생이 달라졌다고 할 수 있다. 여자에게 강간은 인생을 한 번에 무너지게 만드는 엄청난 재앙이니까.
"동철아!"
그때 조명득이 나를 불렀다.

돌섬은 다시는 안 갈래

"왜?"

"막배 나갈 시간이다. 서둘러야겠다."

"벌써?"

"응."

'아무 일도 없어야 하는데.'

원래 양아치들은 뒤끝이 구리다.

"저기요."

역시다.

저래서 양아치인 것이다. 어느 순간 애들 싸움이 어른 싸움이 될 것 같다. 물론 우린 코를 바를 어른도 없지만 말이다.

"씨발!"

내 입에서 절로 욕이 튀어나왔다.

망할 양아치 새끼들이 꼴에 연줄은 있어 신포동 기도(木戸) 새끼들을 끌고 온 모양이다. 그리고 기도 놈들은 꼴에 선배라고 나를 조지기 위해서 온 것이고.

그러니 저것들도 나이만 먹은 양아치다.

조금이라도 생각이 있는 조폭이라면 함부로 나서지 않는다.

이익보다 중요한 것은 명분이기 때문이다.

물론 명분으로만 따진다면 후배들이 당했으니 복수를 해준다는 생각으로 움직일 수도 있다.

하지만 양아치들을 깐 존재가 나라는 것을 들었을 때 움직이지 말았어야 했다. 그래도 조폭이 애 하나를 다구리 쳤다는 소리는 들으면 안 되니 말이다.

그리고 만약에 저것들이 나를 다구리 까다가 지기라도 하면 짐을 싸야 한다.

가장 빠른 말은 발이 없는 말, 소문이니까.

"어떻게 해?"

선착장에서 기다리고 있던 놈들의 수는 도합 열 명이다.

나라고 해도 저 정도의 수는 쉽지 않다. 물론 목숨 걸고 깐다면 못 깔 것도 없다. 이런 상황에서는 누가 더 독기를 뿜어내느냐에 따라 상황은 달라지니까.

하지만 상황은 확실히 나한테 불리했다.

내 뒤에는 여자들이 있으니까.

'정당방위가 되려나?'

문제는 차후 법적인 조치다. 최소 제대로 독기를 뿜어내려면 저것들 중에 한둘은 병신을 만들어야 하니까.

"야, 박동철이!"

나한테 두들겨 맞은 양아치 하나가 의기양양하게 신포동 사창가 기도들 뒤에서 버럭 소리를 질렀다.

'이런 것을 호가호위라고 하지.'

물론 호가호위라고 하기에는 좀 그렇다. 기도가 호랑이는 아니니 말이다.

"망할 새끼! 밑구멍 기도 뒤에 숨어서 뭐 하는 짓거리야?"

조명득이 짜증스럽게 말했다.

"…가만히 있어."

"알았다."

조명득이 내 말에 바로 꼬리를 내렸다. 사태의 심각성을 간파

한 것이다.

슬슬 해는 지고 있고 인적은 없다.

정말 재수 없으면 눈먼 주먹에 맞아 죽을 수도 있는 상황이고, 최은희와 오미선은 저것들에게 광기의 돌림방을 당할 수도 있다.

"박동철이!"

그리고 기도 중 하나가 내 이름을 불렀다.

바로 뛰어오라는 눈빛이다.

물론 가야 한다.

도망칠 곳이 없으니까.

"어떻게 해?"

최은희가 잔뜩 겁을 먹고 말했다.

이래서 남의 일에 함부로 나서면 안 되는 것이다. 물론 그 상황에서는 안 나설 수도 없었다.

"여기 가만히 있어."

"으, 응……."

"어떻게 하려고?"

조명득도 잔뜩 긴장해서 내게 물었다.

"나도 모르겠다. 휴우……."

저 쪽수라면 싸움이 붙으면 나라고 해도 깨질지도 모른다. 양아치들이 말한 대로 다구리에는 장사가 없으니 말이다.

그리고 나는 여자애들이 놀라지 않게 조명득의 귀에 대고 속삭였다.

"싸움나면 애들 데리고 무조건 튀어."

조명득이 여자애들을 보며 고개를 끄덕였다.
"박동철이!"
기도가 나를 다시 불렀고, 나는 천천히 나를 부른 놈에게 다가가서 고개를 숙였다.
"예."
"니가 가만히 있는 우리 애들 건드렸다면서?"
눈빛이 사납다. 제대로 까려고 온 것이다.
아마 양아치 새끼들은 가만히 있는 저들을 내가 이유 없이 먼저 깠다고 고자질했을 것이다. 그러니 이런 상황이 만들어졌겠지만.
"가만히는 안 있던데요."
"뭐?"
놈이 버럭 소리를 질렀다.
"돝섬에서 아가씨 강간 때리려는 거 좀 말렸습니다."
"뭐야?"
"정확하게 말하면 돌림방이죠. 제가 법은 잘 몰라서 그런데 특수강간쯤 되겠죠."
놈은 고자질을 한 양아치 하나를 째려보다가 다시 나를 노려봤다.
"그렇다고 우리 애들을 조져?"
"죄송합니다. 그만하라고 하는데도 설치더라고요."
꼬리를 내릴 때는 간볼 것 없이 바로 내려야 한다.
게다가 지금 당장 싸워서 좋을 것이 하나도 없었다.
싸움이 난다면 다구리를 당할 것이고, 현실에서 영화 같은 17대

1로 싸워서 이기는 경우는 절대 없었다.

"죄송하지?"

"예."

"그럼 우리 파에 들어올래?"

이들의 진짜 목적은 나를 자기 조직에 넣으려는 거였다. 따지고 보면 난 이쪽 세상에서 능력 있는 루키쯤으로 보일 것이다.

'칠승파도 안 갔다, 씨발 놈들아!'

속으로는 욕을 했지만 겉으로 그럴 수는 없었다.

"싫은데요."

"이 새끼가!"

놈이 나를 노려봤다.

'씨발, 결국 싸워야 하네.'

아마 오늘 내가 묵사발이 나는 날인 것 같다.

물론 저 새끼들 중에 몇은 병신으로 만들겠지만 말이다.

"애들 싸움에 어른이 끼면 어른 싸움 됩니다."

혹시나 해서 말했다.

나도 회귀하기 전까지 고등학교 생활을 놀며 했고, 저것들이 선배가 있듯 나도 선배가 있다.

물론 기억이 나지는 않지만 말이다.

"뭐? 이 새끼가 미쳤나? 혼 좀 나야겠네."

"잘못한 것이 없는데요."

"쌈 좀 한다는 거지? 니가 말한 것처럼 애들 싸움은 우리한테 안 통해."

물론 그럴 수도 있다.

하지만 저것들 역시 나이만 먹었지 양아치랑 다름없다.

사실 조폭 중에서도 제일 허접한 것이 사창가 기도다. 그리고 조직에서는 사창가의 기도 족보는 쳐주지도 않는다.

"그건 두고 봐야 알죠."

나는 의미심장한 미소를 지으며 말했다.

10 대 1의 싸움이다. 물론 10 대 2가 될 수도 있지만 나는 이미 싸움이 나면 조명득이한테 튀라고 말해놓았다.

그러니 조명득은 바로 여자애들을 데리고 튈 것이다.

'이래서 돌섬에 오기 싫었다니까.'

후회해도 소용없었다.

이미 일은 벌어졌다.

"뭐? 이 새끼가 뒤지려고!"

안 그래도 내일이면 쌤한테 뒈질 것 같다.

등수가 꽤나 떨어졌을 테니 말이다.

"쪽팔리게 조폭이 고딩한테 다구리 까시려고요?"

소문이라는 것이 있다.

신포동 기도들이 고딩 하나를 다구리 깠다는 소문이 나면 싸움이 나지 않는 것보다 더 쪽팔리는 일이라는 것을 저것들도 알 것이다.

물론 싸움이 난다면 나중에는 다구리를 까겠지만 말이다.

"쪽팔리게 그럴 수는 없지."

비릿하게 웃었다.

"다이다이 까시려고요?"

"시발, 졸라 어이가 없네."

말하는 투가 또 다이다이를 까는 건 좀 그런 모양이다. 이겨도 별 이익이 없는 일이다.

그리고 진다면 개쪽이 될 것이다. 하지만 이러지도 저러지도 못하는 상황이니 싸우게 될 것은 분명했다.

저놈은 고도 스톱도 못하는 상황이다.

'그러니까 꼰지른다고 왜 왔냐? 이익도 없는데.'

그런 구분도 못하고 나왔으니 양아치로 사는 것일 터이다.

조폭이라면 절대 이런 자리는 나서지 않는다.

이익이 없다.

"씨발!"

끼이익!

그때 고급 벤츠가 우리 쪽으로 와서 서더니 창문이 스르륵 열렸다.

'최문탁……!'

운명인지 우연인지 이곳에서 최문탁을 다시 만났다.

그리고 최문탁이 차에서 내리자마자 나를 노려보고 있던 양아치들이 조폭처럼 90도로 허리를 숙이며 최문탁에게 인사했다.

"무슨 일이지?"

"아무것도 아닙니다. 그냥 우습게 설치는 새끼가 있어서……."

"여기 재개발될 때까지 사고 치지 말라고 했지?"

"죄송합니다."

양아치들은 최문탁이 나타나자 바로 꼬리를 내렸다.

'운이 좋네.'

최문탁의 등장에 이곳을 빠져나갈 기회가 생겼다.

그리고 최문탁이 나를 뚫어지게 보다가 내 뒤에 있는 애들을 보고 영문을 모르겠지만 표정이 굳어졌다.

"너, 박동철이지?"

최문탁이 내 이름을 알고 있다.

그건 다시 말해 최문탁의 조직에서 나를 관심 있게 보고 있다는 의미이다.

"예."

풍기는 포스가 저 기도 놈들과는 다르다.

진짜 전국구 조폭의 느낌 그대로다.

"공부한다고 들었는데 왜 여기 와서 말썽이냐?"

"머리 식히려고 왔습니다."

"그런데 왜 이런 장면이 만들어지지?"

내게 질문을 하면서도 내 느낌으로는 내 뒤에 있는 애들을 보는 것 같다.

'뭐지?'

어떻게 대답해야 할지 고민되는 순간이다. 대답을 잘못하는 순간 저 기도 놈들을 상대하는 것과는 차원이 다른 재난이 닥칠 것이다.

"저기 있는 양아치들이 제가 아는 누나를 강간하려고 해서 말렸습니다."

그 순간 최문탁의 표정이 굳었다.

"누나?"

"예."

잘못 말한 것 같다.

담담하던 최문탁의 표정이 이렇게까지 굳어질 줄 몰랐다.
그리고 최문탁이 돌아섰다.
"누구냐?"
"예?"
"허튼짓을 하려던 새끼들이 누구냐고!"
낮은 어투지만 살기가 느껴졌다.
"그, 그게……."
기도가 양아치를 봤다.
퍽!
그 순간 최문탁의 주먹이 기도의 턱을 후려쳤다.
"너는 목숨이 서너 개쯤 되나 보지?"
"잘못했습니다."
순간 양아치의 표정이 굳어졌다.
"살, 살려주십시오!"
바로 양아치가 최문탁 앞에 무릎을 꿇었다.
"데리고 가."
"예, 사장님!"
사장님이라고 하는 것을 보니 따로 이곳에서 최문탁이 사업을 하고 있다는 생각이 들었다.
"꺼져."
최문탁의 한마디에 양아치는 기도들한테 끌려 사라졌다.
"박동철이!"
"예."
그렇다고 해서 모든 상황이 끝난 것은 아닌 것 같다. 여전히 최문탁이 이곳에 있고, 표정이 굳어져 있다.

"이번 일 가지고 어디 가서 헛소리하지 마라. 목숨이 서너 개가 아니라면."

"예."

"너, 공부한다며?"

나를 확인하고 있다는 생각이 들었다.

그러고 보니 최문탁도 30대 초중반으로 꽤나 젊어 보인다. 내가 과거 조폭일 때도 나보다 열 살 정도 많은 것으로 알고 있다. 미래에서 알던 사람을 만나니 반갑기도 했지만 무섭기도 했다.

"예."

"…공부해라. 이 근처에는 얼씬도 하지 말고. 자꾸 엮이면 계속 엮이게 된다."

이건 진심 어린 충고다.

"예, 알겠습니다."

그때 최문탁이 내게로 걸어와 나도 모르게 움찔했다. 이건 본능이다.

두려움에 대한 본능.

툭툭!

그리고 최문탁이 내 어깨를 두드리며 내 귀에 속삭였다.

"목숨을 빚졌다."

"예?"

이해가 안 되는 순간이다. 스스로 양아치가 아니라 건달이라고 생각하는 전국구 조폭은 자신이 한 말에 책임을 진다.

그리고 내 기억 속에 있는 최문탁은 그런 진짜 정통파 건달이었다. 그리고 이 순간 어두운 터널과 같은 엄마의 일을 해결할 수 있겠다는 생각이 들었다.

"그리고 오늘 일은 잊어. 지금부터 보는 것도 잊고."

그리고 최문탁은 나를 지나서 누나한테 다가갔다.

"아가씨, 늦었습니다."

최문탁이 90도로 허리를 숙였다.

이건 또 무슨 상황인지 모르겠다.

"회장님이 걱정하고 계십니다."

최문탁이 말한 회장이라면 부산 최고 조직의 보스이다.

그럼 저 누나가 칠승파 보스의 세컨드나 딸일 확률이 높았다.

아마 세컨드 같다.

삼삼하게 생겼으니.

'무조건 잊어야겠네.'

정말 이번 일을 가지고 나불거리면 쥐도 새도 모르게 골로 가는 수가 있었다.

하지만 어떤 면에서 보자면 칠승파가 내게 빚을 졌다. 조금은 든든해진 생각이 들었다.

하지만 어떤 경우에도 발설한다면 나는 끝장난다.

"아빠가 보냈어요?"

세컨드가 아니라 딸인 모양이다.

조폭 두목의 딸치고는 너무 예쁘다.

"걱정이 많으십니다. 모시겠습니다."

"알았어요. 요즘 애들 정말 무섭네요. 너무 혼내지는 마세요."

누나가 최문탁에게 짧게 말하고 우리를 봤다.

"고마웠어. 또 봐. 나는 윤미정이야"

다시는 보고 싶지 않는데 또 보자고 하며 나를 향해 웃었다.

호랑이 옆에 있으면 언젠가는 먹히게 마련이다.

그러니 절대 또 볼 일이 없었으면 좋겠다.

"예······."

이제야 최문탁이 나한테 목숨을 빚졌다고 했는지 알았다.

그리고 결국 나는 양아치 다섯을 살린 것이다.

부산 최고 조직 보스의 딸을 강간했다면 양아치 새끼들은 쉽게는 못 죽었을 것이다.

또한 최문탁의 목숨도 결국 내가 살린 꼴이 됐다.

그리고 지금이 엄마를 집으로 돌아오게 만들 기회라는 생각이 들었다.

"저··· 드릴 말씀이 있습니다."

윤미정을 차에 태우고 배웅하던 최문탁에게 다가가서 나직이 말했다.

지금 이 순간이야말로 엄마의 일을 해결할 절호의 찬스였다. 물론 공권력을 이용해 신고할 수도 있지만 그렇게 되면 엄마는 나와 누나를 볼 면목이 없을 것이다.

서로 어색해지는 상황을 피하자면 지금 이 기회에 **빠르게 해결해야 한다.**

그러니 지금뿐이다.

조직은 조직으로 깬다.

이런 것을 어린 쌤들이 적어준 노트에서 이이제이라고 했다.

'기회다.'

돌섬은 다시는 안 갈래

나는 뚫어지게 최문탁을 봤다.
"뭐?"
"아저씨의 목숨 값은 얼마죠?"
"뭐?"
최문탁이 황당하다는 눈빛으로 나를 봤다.
"목숨을 빚졌다고 하셨으니 갚으셔야죠."
내 말에 최문탁이 나를 뚫어지게 봤다.
저 눈빛은 이미 한 번 경험해 봤다.
최문탁에게는 당돌하게 굴어야 먹힌다.
"돈 주랴?"
갚으라는 말에 최문탁이 나를 보며 피식 웃었다.

만약 여기서 돈을 달라고 하면 고딩이 만질 수 없을 만큼의 돈을 줄 것이다. 미래의 최문탁은 배포가 크기로 유명했으니까. 그리고 그 양아치 시대에 마지막 건달이라는 소리를 들었으니까.

모든 조폭에게는 별명이 있다.
아귀, 깔치, 망치 같은 것 말이다. 내 별명이 깡통인 것처럼.
그런데 최문탁의 별명은 마적이었다.
일제강점기 때 구마적으로부터 시작해서 신마적으로 이어진다. 마적이라는 별명은 오래된 역사만큼 이름이 있는 사람에게만 주어졌다.

그리고 놀랍게도 최문탁의 별명은 뉴마적이다.
그 전설적인 이름이 붙은 만큼 대단하다면 대단한 존재이다.
그런 최문탁에게 사시미로 위협했으니 회귀한 지금 생각해 봐도 거시기가 쪼그라든다.

"…시간을 주세요."

"시간?"

"예."

묘한 눈으로 나를 보던 최문탁이 내게 명함을 건넸다.

"저녁에 여기로 와라."

아마 내가 칠승파에 들어가고 싶다고 생각하는 것 같다.

네버~

절대 그런 일은 없다.

"예."

나도 모르게 조폭처럼 90도로 인사를 하자 최문탁이 묘한 눈으로 허리를 펴는 나를 봤다.

"공부한다며?"

"저도 모르게 그만……. 저녁에 뵙겠습니다."

최문탁과 나의 대화는 우리 둘만 들을 수 있는 정도의 목소리로 이야기했기에 뒤에 있는 친구들은 들을 수가 없었다.

"그러자."

어쩌면 엄마의 일이 잘 해결될 것 같다. 내 힘으로 안 된다면 어떠한 힘이라도 이용해서 해결하면 된다.

어떤 흉악한 살인자가 있다.

모든 사람이 그 살인자를 욕한다.

하지만 사람들은 살인자가 살인할 때 찌른 칼을 욕하지 않는다. 마찬가지로 엄마는 어떤 방법이든 집으로 돌아오게 만들면 된다.

그렇게 윤미정을 태운 차는 사라졌다.

                    *   *   *

"휴우~ 심장 터지는 줄 알았다."

조명득이 길게 한숨을 내쉬었다.

"앞으로 돌섬에는 절대 안 와. 괜히 오자고 해서 죽을 뻔했잖아."

나는 조명득이 보는 앞에서 너스레를 떨었다. 하지만 이미 모든 생각은 최문탁을 만나는 일에 집중되어 있다.

"나도!"

조명득도 내 말에 동의했다. 그런데 이 순간 윤미정을 또 볼 것 같은 생각이 문득 들었다.

이제는 입단속을 해야 한다.

"잘 들어. 우린 아무 일도 없던 거야. 저 누나를 만난 적도 없고 도와준 적도 없어. 알았지?"

내가 심각하게 말하자 은희와 미선은 겁을 먹은 것 같다.

"무서운 사람이야?"

"우리가 생각하는 것 이상으로 무서운 사람들이 모시는 여자야."

"겁 좀 주지 마라."

조명득이 이죽거리듯 말했다.

"우리나라에서 하루에 몇 명이나 실종된다고 생각해?"

"뭐?"

"우리가 그런 사람들 중에 하나가 될 수도 있어."
그제야 조명득도 살짝 겁을 먹었다.
"알았지. 지퍼 쫙이다."
"알았다."
함부로 발설하고 다니면 쥐도 새도 모르게 현해탄 고기밥이 될 것이다. 강간을 당할 뻔한 것만으로도 이 대한민국에서는 그 여자가 죄인 취급을 받고 주홍글씨가 쓰이니까.

제10장
엄! 마!

최문탁의 개인 사무실은 조폭의 사무실이라고 하기에는 너무나 깔끔했다. 게다가 허세처럼 데리고 있는 덩치들도 없었다.
"마산에 있는 도박 하우스 하나를 깨달라?"
"예."
최문탁의 사무실로 와서 어머니에 대해서 설명했다. 이 순간 놀라운 사실은 최문탁의 머리 위에 보이는 선악의 저울 수치가 선이 42이고 악이 58라는 것이다. 저 정도라면 악인이라고 할 수 없었다.
"너는 모르겠지만 마산은 무척이나 미묘한 곳이다."
칠승파의 나와바리는 부산이다. 물론 마산 역시 칠승파의 영향권 안에 있기는 하지만 독자적인 조직이 있는 곳이고, 그 독자적인 조직의 돈줄이 바로 도박 하우스였다.

물론 도박은 불법이다. 하지만 나는 조직이 사업체라고 한다면 가장 핵심적인 사업 아이템을 침범해 달라고 말한 것이다.

"어려우십니까? 목숨을 빚졌다고 해서 부탁드리는 겁니다."

"어렵지는 않다."

"해주시겠습니까?"

"너는 어려서 잘 모르겠지만 도박이라는 것이 그렇다. 빚을 정리해 주고 하우스의 출입을 막아준다고 해도 또 하게 되지."

그래서 도박이 무섭다. 그것을 내게 말하는 최문탁이다.

"두 번 도와달라고 하진 않겠습니다."

"어떻게 할 생각이지?"

"엄청난 돈을 따게 해드리고 싶네요."

내 말에 최문탁은 이해가 안 된다는 눈빛을 보였다. 사실 도박에 중독되는 사람들은 처음 도박판에서 운이 좋은 사람들이 대부분이다.

"그래서?"

"엄마는 욕심이 생기시겠죠."

"그렇겠지."

"따로 판을 짜서 도박을 하게 만들 생각입니다."

"하우스 돈을 따서 따로 도박을 하게 만든다?"

"그렇습니다. 그때 다 잃게 하고 끝까지 한번 몰아붙여 볼 생각입니다."

"몰아붙인다?"

"예, 저를 걸게 해볼 생각입니다. 그리고 왜 잃게 되는지 알게 되면 도박의 허상에서 깨어날지도 모르죠."

"그게 쉬울까?"

최문탁의 물음에 나는 뚫어지게 최문탁을 봤다.

"엄마는 엄마입니다. 돈은 포기해도 자식은 포기하지 않죠."

"노름꾼들은 원래 포기가 빨라. 너는 모르겠지만. 하지만 노름은 포기 못하지. 아이러니하게도."

"엄마를 믿죠."

"세상을 산다는 것은 자기가 믿던 것들로부터의 배신에서부터 시작하지."

조폭이 철학자처럼 말하고 있다.

역시 다른 조폭들과는 사뭇 다르다.

"엄마는 제가 잘 압니다."

"…빚을 졌으니 갚아야지."

"감사합니다."

"너라는 놈, 꽤나 당차구나."

나한테 관심을 보이는 눈빛이다.

"그 눈빛, 사양하겠습니다."

"내가 무엇을 생각하는데?"

"저는 건달이 싫습니다."

"그 마음 변치 마라. 여긴 별로 낭만이 없어. 다시 너를 보게 된다면 너는 내 도구가 될 것이다. 한 번의 잘못된 선택이 사람의 그림자를 바꾸지. 나는 어두운 곳에서 있어서 항상 그림자가 길다."

"명심하겠습니다."

내 대답과 함께 최문탁이 인터폰을 눌렀다.

—예, 부장님.

"부산 깔치 호출해."

―예, 알겠습니다.

아마 부산에서 알아주는 타짜일 것 같다. 그렇게 두 시간 만에 부산 깔치라는 남자가 사무실로 왔고, 엄마가 빠져 있는 하우스의 위치를 알아냈다.

여기서 안 사실은 대한민국은 도박 천국이라는 것이다.

'대단한 정보력이다.'

최고의 조직은 이렇게 달랐다. 인상착의만으로 사람을 찾아낼 수 있다는 것이 놀라웠다. 그리고 회귀하기 전에도 느낀 거지만 사람이 실종됐을 때 경찰에게 찾아달라는 것보다 조직에게 찾아달라는 것이 더 빠르다는 것을 새삼 느꼈다. 뭐 도망친 사람들 찾아 족치는 것이 조폭의 업무 중 하나이긴 하다.

* * *

"찾으셨습니까, 부장님?"

"박 선생이 일 좀 해줘야겠어요."

부산 깔치라는 남자는 샌님처럼 생겼다. 저런 타짜들을 보고 탈이 좋다고 한다. 아마 칠승파에서 운영하는 하우스의 타짜일 것이다. 그리고 부산 깔치의 머리 위에도 선악의 저울이 떴다.

'뭐, 뭐지?'

놀라운 것은 깔치라는 남자는 사기를 치는 것이 본업인 타짜일 텐데 선악의 저울 수치가 선이 55이고 악이 45였다.

이해가 안 되는 순간이다. 타짜라고 하면 사기를 치는 사람일 텐데 선의 수치가 높다는 것이 이해가 안 됐다.
"알겠습니다."
"저도 가도 되죠?"
"애들 놀 데 아닌데?"
깔치가 내게 말하는데 눈빛이 무척이나 정감 있다. 아니, 그는 모든 사람을 저런 시선으로 보는 것 같았다.

선한 눈빛. 그 눈빛은 아마도 화투판에 앉는 순간 사납게 변할 것이다. 물론 그 사나움을 호구들은 가늠할 수 없겠지만 말이다.
'선악의 저울 수치가 가변적인가?'
이건 중요한 부분이다. 가변적이라면 절대 악도 절대 선도 없다는 의미이다.
"제 엄마에 대한 일입니다."
깔치가 나를 한참이나 봤다.
"눈이 좋네."
의지를 불태우고 있으니 그렇게 보일 수밖에 없다.
"감사합니다."
"살기가 등등하네. 칼을 머리에 얹고 살 팔자군."
깔치는 반 무당처럼 나를 보고 자신이 느낀 바에 대해 말했다.
"예?"
"부장님께 들었겠지만 나는 타짜거든. 원래 타짜는 반 무당이 대부분이야."
"그렇습니까?"
"묘해. 손에 뭐를 쥐면 제대로 휘두를지 궁금해지네."
깔치의 이야기를 최문탁이 아무 말 없이 듣고 있다.

엄! 마! 299

"칼은 아니기를 바랍니다."
"그런가? 살기가 등등한데… 묘해."
"뭐라고 불러드리면 되죠?"
"아저씨."
"예, 아저씨."
"어린 나이에 지옥을 보네. 거긴 어떤 이유에서든 안 가는 것이 좋아."

지옥?

회귀를 하기 전 그런 지옥에서 살았다. 그러고 보니 나에 대한 선악의 저울 수치가 궁금했다.

나 역시 지은 죄가 없다고 할 수는 없다.

미래라면 악이었을 것이고 지금도 선하지는 않으니까.

"선택은… 각자의 몫입니다."
"애늙은이처럼 말하네."

깔치 아저씨가 자리에서 일어나 최문탁을 봤다.

"다녀오겠습니다."

약간 걱정스러운 눈빛이다.

"걱정 마시게. 나도 갈 테니까."
"부장님까지 나서실 만큼 중요한 일입니까?"

깔치 아저씨는 의문스러운 눈빛을 보였다.

"빚은 갚아야지. 맺고 끊는 것이 정확해야 나가는 걸음이 가볍지."

최문탁의 말에 깔치 아저씨가 나를 봤다.

"재미있네요."

깔치 아저씨가 최문탁에게 머리를 숙이고 돌아섰다.
"지옥 구경 시켜줄게. 가자. 나중에 내 원망은 하지 마라."
"박동철!"
그때 최문탁이 나를 불렀다.
"예."
"네 생각과 네 엄마가 다르다면? 도박은 절대 빠져나올 수 없는 늪이다."
"그럼……."
나도 모르게 지그시 입술을 깨물었다. 지금은 단호하게 행동해야 한다. 나도 안다. 도박은 늪이라는 것을.
"말해라. 빚을 갚기로 했으니까."
마치 나를 시험하는 것 같다.
"병원에 잠시 감금해 주십시오."
내 의지에 최문탁이 고개를 끄덕였다.
"그렇게 해주지. 도박은 불치병이니까."

* * *

도박 하우스 사무실.
"호구한테 왜 돈을 쑤셔요?"
"돈 나올 구멍이 있으니까."
하우스장이 숨겨놓은 몰래카메라에 비친 박동철의 엄마를 보며 야릇한 미소를 보였다.
"구멍이 있어요?"

"딸내미가 간호사고 꽤 반반해. 집도 2억쯤 되고."

화근이라면 화근인 것이 하우스장이 감기 몸살로 병원에 갔을 때 박동철의 누나를 봤다는 거였다.

그리고 거꾸로 뒷조사를 하다가 박동철의 엄마를 찾아낸 것이다. 결국 도박 하우스가 돈이 목적이기는 하지만 하우스장은 보너스로 박동철의 누나에게도 흑심을 보이고 있었다.

"그럼 오늘 산소호흡기 떼는 날이네요."

"그러니까. 지옥에 보내 드리자고."

하우스장이 다시 한 번 모니터를 봤고, 그때 부산 깔치와 가발을 쓰고 변장을 한 박동철이 하우스 안으로 들어섰다. 마침 도박을 하던 박동철 엄마의 테이블에 자리가 났다.

"누구지?"

촉이라는 것이 있다.

그리고 그때 최문탁이 직접 사무실로 들어섰다.

동시다발적으로 움직인 것이다.

"…누굽니까?"

사무실 앞에 기도를 보는 건달이 있는데도 노크도 없이 들어올 수 있다는 것은 그만큼 상대가 위협적인 존재라는 의미이다.

"나? 최문탁!"

툭, 최문탁은 자신의 이름을 짧게 말하고는 하우스장이 앉은 테이블 앞에 가방을 던졌다.

하우스장의 표정이 굳어지면서 자리에서 벌떡 일어나 허리를 숙였다. 하지만 눈빛은 한없이 경계하고 있었다. 마치 거대 칠승파가 왜 이런 변두리 하우스까지 왔느냐는 눈빛이다.

"뭡니까?"

"3억!"

"예?"

"딱 그만큼만 따갑시다. 남의 영업장 깰 생각은 없으니까."

"무, 무슨 말씀이신지 모르겠습니다."

"사람 하나 꺼내가고 3억만 따갑시다."

"누굴요?"

"저기 저 아줌마."

"그럼 혹시?"

하우스장은 자리에 앉은 부산 깔치와 아무렇지 않게 뒤에 서 있는 박동철을 봤다.

"그렇소."

"이건……."

밑밥을 꽤나 뿌려놨는데 이러시면 곤란하다는 눈빛을 보이는 하우스장이다.

"아무리 빨대를 꽂아봐야 1~2억일 것이고, 나랑 서로 안면 튼 것만으로도 충분하지 않나?"

최문탁의 말에 잠시 하우스장은 고민에 빠졌다.

"예, 형님! 그렇게 하겠습니다."

하우스장은 이 상황에서 족보를 만들고자 했다.

"그건 오버고."

최문탁의 눈빛이 차가워졌다.

"죄송합니다."

"안면만 트고 살지."

"예, 알겠습니다."
"그리고 저 여자, 어느 하우스든 출입 금지시켜."
"무슨 관계입니까?"
칠승파의 핵심이 나선다는 것에 궁금증이 생긴 모양이다.
"궁금해?"
어느 순간 최문탁은 하우스장에게 말을 놨다.
"예."
"그러다 다쳐!"
순간 하우스장은 살기를 느꼈다.
"…죄송합니다."
하우스장은 최문탁의 살기에 바로 겁을 집어먹고 꼬리를 내렸다. 그만큼 칠승파와 최문탁은 두려운 존재였다.

부산 깔치 아저씨는 도박판에 자연스럽게 끼어들어 선을 잡았다. 나는 그 뒤에서 선글라스를 끼고 변장한 상태로 앉아 있었다. 마치 보디가드처럼 말이다.

'이제 시작이다.'

내 눈에 보이는 엄마는 도박의 늪에서 허우적거리고 계셨다.

도박에 빠지기 전의 엄마는 셈이 밝고 영리하셨다. 그러다 보니 아파트에서 고스톱을 치며 얻는 수익에 그만 도박까지 손을 댄 것 같았다.

그리고 지금은 그 총기를 잃었다.

이제는 엄마를 이 늪에서 건질 때였다. 그리고 변장이 잘 되어서 그런지 엄마는 아들을 눈앞에서 보고도 알아차리지 못했다. 자식을 알아보지 못하는 엄마라……

도박은 이렇게 무섭다.

"3땡 이상 드십시오."

차분하게 남자가 말했다. 나 역시 과거에 도박 하우스의 기도를 꽤 오래 봤기에 저 남자가 타짜라는 것을 직감했다.

의기양양한 눈빛을 보니 판을 먹었다고 생각하는 것 같다.

"어, 어쩌죠? 4땡인데."

깔치 아저씨의 기술이 시작됐다. 그리고 2천만 원 정도 엄마가 딴 것 같다.

"7땡!"

"8땡이네요."

그리고 몇 판을 엄마가 또 먹었다. 깔치 아저씨가 선을 잡을 때마다 엄마가 돈을 땄다. 거의 처음 내가 이곳에 올 때는 오링 수준이었는데, 계속 따기 시작해서 이제는 꽤 많은 돈을 딴 것 같다.

'3억쯤 되겠네.'

이러니 사람들이 눈이 뒤집어지는 거다. 하우스 타짜가 의심을 시작했고, 그때 여자 하나가 오더니 하우스 타짜에게 뭔가를 속삭였다.

찰나지만 하우스 타짜는 힐끗 깔치 아저씨를 봤고, 그럼 그렇지 하는 표정을 지어 보였다. 그리고 두 타짜가 눈빛으로 뭔가를 주고받았다.

그때 문이 벌컥 열렸다.

"단속입니다. 걱정 마시고 돈 챙기셔서 뒷문으로 나가세요."

기도가 차분하게 말했다. 물론 뻥일 것이다. 엄마를 다른 판으로 이동시키기 위한 밑밥이다. 엄마는 단속이라는 말에 당황해하며 두려운 눈빛으로 변했다.

만약 잡히면 어떻게 하지? 이런 눈빛 같다.

"오늘 한 여사님, 엄청 따셨네요. 잘 가세요."

단속이 떴다고 말해놓고도 참 여유롭다. 그건 다시 말해 단속이 나온다고 해도 사전에 연락을 받는다는 의미처럼 느껴졌다.

"자~ 일어나세요. 웅성거릴 필요 없습니다. 쫄 필요도 없습니다. 저를 따라오시면 됩니다."

남자 하나가 경광봉을 번쩍이며 흔들었다.

"이쪽입니다, 이쪽!"

정말 어이가 없는 것은 그의 지시에 노름꾼들이 아무런 군말도 없이 유치원의 아이들처럼 따라간다는 것이다.

그리고 엄마도 급하게 돈을 챙겨서 일어나 기도를 따라갔고, 깔치 아저씨도 나도 그 뒤를 따랐다.

* * *

"사모님, 오늘 끗발 엄청나시네요."

"호호, 그러게요."

엄마가 수줍은 듯 입을 가리며 웃었다. 이미 건물 밖으로 나온 엄마는 미리 준비한 엑스트라들에게 둘러싸여 있었다.

"아쉽네. 이거 딴 것도 아니고 잃은 것도 아니고……"

"그러지 말고 우리 따로 조용한 곳에서… 어때요?"

젊은 여자가 깔치 아저씨에게 말했다.

"우리끼리요?"

"뭐 어때요? 화투만 있으면 되는데."

물론 저 젊은 여자도 엑스트라일 것이다.

"어때요, 사모님? 많이 따셨다는데 더 따셔야죠."

아마 엄마는 지금 엄마가 잃은 돈의 몇 배는 땄을 것이다. 그리고 나는 엄마가 이 순간 멈췄으면 했다.

"저는……."

엄마가 머뭇거렸다.

"가요, 사모님. 아직 초저녁인데. 따고 배짱은 좀 그렇잖아요."

깔치 아저씨가 엄마를 유혹하자 엄마의 눈빛이 흔들렸다.

사실 엄마가 딴 돈의 1/4은 깔치 아저씨의 돈이라 엄마의 입장에서는 우습게 보일 것 같다.

"그럼… 조금만 더 할게요."

실망이다. 엄마는 도박의 유혹에 넘어갔다.

그때 하우스에서 기도가 나왔다.

"사모님! 실장님께서 원금을 회수해 오라십니다."

"아, 예……."

엄마는 살짝 망설였다. 노름꾼에게 밑천은 생명이다. 그리고 바로 화투판이 있는데, 밑천을 내놓는 것은 쉽지 않은 일일 것이다.

"나중에 받으러 올까요?"

꼭 지금 받을 필요는 없다는 표정으로 기도가 말했다.

하루가 지나면 하루 꽁지 이자가 더 붙게 되니까.

"드릴게요."

엄마의 노름빚이 청산되는 순간이다.

　　　　　＊　　　　　＊　　　　　＊

 결국 모텔을 잡고 섰다를 할 수 있게 판이 만들어졌다. 물론 나는 뒤에서 구경하고 있다.
 변장 때문인지 엄마는 여전히 나를 알아보지 못했다.
 "한 여사님이라고 했죠? 오늘 끗발 장난이 아니시네요."
 깔치 아저씨는 끝까지 몰고 가기 위해서인지 엄마의 간을 키우고 있었다. 이 모텔에 들어와서도 엄마는 꽤 많은 돈을 땄다.
 물론 올인이 나는 것은 한 방이겠지만 말이다.
 "호호호! 정말 그러네요."
 그렇게 패는 다시 돌아갔고, 깔치 아저씨가 담배를 거꾸로 물었다. 이 판에 끝을 내겠다는 신호다.
 하우스에 오면서 깔치 아저씨가 내게 말했다.
 엄마한테는 38광땡을 줄 것이라고. 그리고 자신은 38광땡만 잡는 28망통으로 엄마를 잡을 것이라고.

 "영혼까지 배팅할 수밖에 없어. 너, 충격 받을 거다."

 나는 최문탁에게 엄마를 절벽 끝까지 몰고 가겠다고 했다. 그러기 위해서는 엄마는 최고의 패를 잡아야 한다.
 샤샤샥! 샤샥!
 깔치 아저씨가 타짜의 기본 기술인 밑장빼기를 했지만 엄마는 감도 못 잡고 있다.
 '38광땡이겠지.'

엄마의 눈빛이 살짝 떨렸다. 잡은 것이다. 그리고 표가 났다. 저러니 돈을 딸 수가 없는 것이다.

엄마한테 할 소리는 아니지만 엄마는 호구였다.

"배팅을 하시자고요."

깔치 아저씨가 바람을 넣었고 배팅이 시작됐다.

"일천!"

판이 커졌다. 하지만 엄마는 이 순간만큼은 두려울 것이 없었다. 누가 뭐라고 해도 최강의 패인 38광땡을 잡고 있으니 말이다. 깔치 아저씨가 장난삼아 무제한으로 배팅하자고 말한 것은 이 순간을 위해서인 것 같다.

"천 받고 삼천 더."

옆에 있던 아가씨가 판을 키웠다.

"삼천 받고 오천!"

판이 점점 커졌다.

엄마가 이 판을 따라가려면 구천을 넣어야 한다.

"구천 받고 일억!"

놀라운 것은 엄마가 무척이나 과감해졌다는 것이다. 지금까지 계속해서 땄고 38광땡도 잡았으니 저럴 수 있다.

"사모님, 엄청난 것을 잡으셨나 보네요."

깔치 아저씨가 바람을 잡았다.

"저는 죽을게요."

젊은 여자가 먼저 죽었다.

"일억 구천을 삼억으로."

엄마가 콜을 한다면 판돈이 일억 정도가 남을 것 같다.

'포기하지 않을 것 같네.'

괜한 짓을 했다는 생각이 문득 들었다.

하지만 엄마는 엄마다.

"으음, 삼억에서 육억!"

깔치 아저씨의 마지막 배팅에 엄마의 눈빛이 파르르 떨렸다. 엄마는 깔치 아저씨가 배팅한 돈을 콜 할 돈이 없었다.

"저는 돈이 그만큼 없는데요?"

"담보도 받습니다."

"예?"

"집문서가 있으면 좋고요. 차용증도 좋고 신체포기각서나 그런 것도 받습니다."

순간 엄마가 겁을 먹었다.

"뭐, 뭐라고요?"

엄마의 표정이 굳어졌다.

"판돈이 판돈이니만큼 사모님만으로는 안 될 것 같고… 따님이나 아드님 몸이면 받아드리죠."

"무, 무슨 말씀이시죠?"

"좀 무서운 말인데, 콩팥이 개당 사천이고… 안구가 개당 팔천입니다. 간이 오천이고……."

깔치 아저씨가 말을 하다가 힐끗 엄마를 봤다. 엄마는 이미 겁을 집어먹었다.

"이런 이야기를 하니까 무섭죠?"

"…예."

"판돈이 사억이나 더 내셔야 하니까. 뭘 잡았는지는 모르겠지만 자신 있으면 쓰시면 됩니다."

"저… 저만 안 될까요?"

38광땡을 잡았으니 포기하지는 못하는 것 같다.

아니, 누구라도 포기하지 못할 것이다.

"안 될 것 같네요. 도저히 셈이 안 맞아서."

깔치 아저씨의 말에 엄마의 표정이 굳어졌다. 하지만 저 눈빛 속에는 내가 38광땡을 잡아서 이길 수 있다는 확신이 담겨 있다.

'엄, 엄마……'

나는 지금 엄마를 절벽 끝까지 몰고 가고 있다.

모든 것은 각자의 선택이다.

이 순간 엄마의 선택이 나와 다르지 않기를 바랄 뿐이다.

"둘 중 누가 38광땡이라도 잡았나? 판이 엄청나네."

도박판에 금기가 저딴 소리다. 하우스라면 바로 끌려 나갔다.

하지만 여기는 모두 짜고 치는 곳이라 각본에 있는 대사였고, 의도적인 말이다. 함정을 파놓았지만 그래도 멈출 수 있는 기회를 주고 있는 것이다.

"38광땡은 천하무적이지."

"28망통이 잡잖아?"

죽은 젊은 여자와 중년의 남자가 바람을 넣었다. 순간 엄마가 부르르 떨었다. 겁이 나기 시작한 것이다. 아마 38광땡을 잡고 28망통을 생각하는 사람은 없을 텐데 그것을 상기시켜 준 것이다.

하지만 38광땡을 잡고도 포기할 노름꾼은 없었다. 오히려 영혼까지 끌어 모아 저 화투판에 올려놓았으면 올려놓았지.

"어떻게 하실래요, 사모님?"

38광땡을 잡은 엄마에게도 고민이 생겼다. 아니, 이런 판은 포기 못 한다. 이것이 엄마에 대한 내 시험이다. 사람이라는 존재는 원래 벼랑 끝까지 몰려 봐야 그제야 자신을 돌아본다. 그것을 사람들은 후회라고 한다.

이런 일은 정말 많았다. 내가 미래에서 조폭으로 사채 사무실을 할 때도 돈을 빌리기 위해 신체포기각서를 쓰는 사람을 여럿 봤다. 그렇게 돈을 빌리는 사람 중에는 딱한 사정이 있는 사람도 있지만, 거의 대부분이 허영과 욕망 때문에 절벽 끝까지 스스로 몰아붙이는 경우가 많았다.

그리고 그들 중 대부분은 끝내 후회했다. 미래의 나는 냉정해져야 할 때는 한없이 냉정하고 사무적이었다.

'제발!'

엄마의 눈빛이 떨렸다. 여기 올 때까지 3억을 땄다. 노름빚은 다 청산했지만 이대로 죽으면 모든 것을 날리게 된다.

"쓸 겁니까, 말 겁니까? 노름판은 오래 기다려주지 않습니다."

깔치 아저씨가 다시 엄마를 압박했다.

"저……."

한참을 고민하던 엄마가 깔치 아저씨를 봤다.

'제발……'

정말 긴장되는 순간이다. 엄마가 자식을 포기한다면 인생의 모든 것을 포기하는 것이나 다름없는 일이다.

"…엄마예요."

엄마의 목소리가 겨울 가지 위에 앉아 있는 참새처럼 떨렸다.

"예? 뭐라고요?"

"난 엄마라고요."

이번에는 엄마의 목소리에서 힘이 느껴졌다.

"그래서요?"

"죽을게요."

순간 모든 사람들이 멍해졌다. 엄마가 들고 있는 패가 뭔지 알고 있기에 그럴 수밖에 없었다.

"정말 다이?"

"예."

어느 순간 노름꾼의 눈동자에서 엄마의 눈동자로 돌아왔다.

'다행이다.'

이제 우리 집은 무사할 것이다. 회귀를 한 보람이 있다. 이제부터는 마음 놓고 내 꿈을 향해 달리기만 하면 된다.

"패가 뭔데요?"

"…저가 간 다음에 보세요. 너무 떨려서 말씀을 못 드리겠네요."

엄마가 천천히 자리에서 일어났다.

"아주매!"

엄마에 대한 깔치 아저씨의 호칭이 바뀌었다.

호구 사모님이 아니라 정감 있는 부산 사투리 아주매로.

"왜, 왜요?"

"앉아보소."

"예?"

"내가 정말 이러지는 않는데… 오늘 감동 묵네예."

"뭐라고요?"

엄마는 깔치 아저씨가 무슨 말을 하는지 몰라 멍해졌다.

엄! 마! 313

"호구들이 화투판에서 와 돈을 잃는 줄 아능교?"
"호구요?"
"호구라는 뜻도 몰라요? 와, 진짜 호구네."
"……."
"사장님, 사모님 호구들은 자기 패만 봐요. 노름이 남의 패를 봐야 카는데 그걸 못 보는 기라. 그래서 못 딴다는 거 아닙니꺼."
"무슨 말씀이세요?"
"38광땡이죠?"
깔치 아저씨의 말에 엄마의 표정이 굳어졌다.
"어, 어떻게 아, 아세요?"
"그라믄 제 패는 뭐같심꺼?"
깔치 아저씨가 28망통을 엄마에게 보였다.
"어, 어떻게……."
엄마는 엄청난 충격을 받은 것 같다. 사실 엄마는 타짜가 있다는 것도 몰랐을 것이다.
"노름판이 다 그런 기요. 망통이 광땡을 잡꼬, 타짜가 호구를 수술하고. 아시겠능교?"
깔치 아저씨의 설명에도 엄마는 그저 이 순간이 믿어지지 않는다는 눈빛이다.
"우리 다 한패라예."
"뭐, 뭐라고요?"
엄마의 목소리가 살짝 커졌다. 속았다는 것에 화가 난 것 같다.
"그걸 왜 밝혀요? 돈만 따면 되지."
젊은 여자가 짜증스러운 투로 말했다. 여기까지 연기였다.

"엄마시라잖아. 니는 노름판에서 38광땡으로 죽는 것 봤나? 저 아주매는 엄마라 카이. 더 만날 일도 없을 기고. 아주매, 잘 보소."

샤샤샥! 샤샥!

깔치 아저씨가 화투를 다시 섞었다. 현란한 손놀림이다. 타짜의 손은 호구의 눈보다 빠르고 현란했다. 그 현란함 속에서 호구는 100% 죽을 수밖에 없다.

"엄!"

짝!

화투 패가 화투판에 떨어지면서 다시는 잊지 못할 장면을 만들어냈다.

깔치 아저씨가 '엄' 이라고 말하고 3광을 엄마의 앞자리에 놓자 엄마는 놀란 눈빛으로 온몸을 부르르 떨었다.

자신이 왜 이런 곳에 와 있는지 이제야 후회하는 것 같다.

"마!"

짝!

그리고 8광을 다시 화투판에 내려쳤다. 아마 엄마는 강하게 따귀를 맞은 듯 표정이 굳어졌다.

"아시겠능교? 호구들은 절대 도박판에서 돈 못 땁니데이."

순간 엄마는 멍해졌다가 주르륵 눈물을 흘렸다.

이제야 제정신이 돌아온 것이다.

물론 38광땡으로 죽는 그 순간부터 엄마는 스스로 절대 빠져나올 수 없다는 늪에서 나온 것이지만.

"엄마시라고 하시니 알려드리는 겁니다. 어수룩하게 생긴 사람이 화투 치자고 하면 다 타짜입니다. 아셨능교."

"흑흑흑!"

엄마는 그 광경을 보더니 어깨까지 들썩이며 우셨다.

이런 허망한 것에 빠져 가정을 등한시했다는 것에 대한 후회가 밀려오는 것 같다.

"38광땡을 잡고도 죽을 수 있으시니 노름꾼은 아니고 이런 곳에는 다시는 얼씬도 마시라요. 아겠능교?"

"흑흑, 예……."

"그리고 이거……."

깔치 아저씨가 엄마에게 백만 원짜리 돈뭉치들을 내밀었다.

"택시비나 하소."

엄마가 깔치 아저씨가 내민 돈뭉치를 봤다. 그리고 온몸을 다시 부르르 떨었다.

"싫어요. 이런 돈 이젠 싫어요."

엄마는 바로 울면서 자리에서 일어났다. 노름꾼으로 엄마의 끝을 본 순간이다.

"싫으면 마시고."

깔치 아저씨는 두 번 권하지 않고 피식 웃었고, 엄마는 모텔을 떠났다.

"엄마는 엄마시네."

"나 같으면 절대 저렇게 못해. 영혼까지 끌어 모아 올인이지."

젊은 여자도 혀를 내둘렀다.

"가슴이나 좀 끌어 모아봐라. 노름꾼한테 영혼이 어디에 있니? 킥킥킥!"

"뭐야?"

중년 남자의 말에 젊은 여자가 발끈해서 눈을 흘겼다.

"저 아주매, 오래 기억되겠네. 우린 저렇게 못해서 노름을 못 끊지."

중년의 남자가 넋두리하듯 말하면서 자리를 떠난 엄마를 부러워했다. 안 끊는 것이 아니라 못 끊는 것이다. 심지어 타짜들도 그렇다. 그게 노름인 것이다.

"이름이 뭐라고 했냐?"

"박동철입니다."

"효도해라."

"예."

"엄마가 너 살렸다."

결국 엄마가 신체포기각서에 사인했다면 내 장기를 가져가겠다는 말처럼 들렸다.

'역시 마귀네.'

나는 다시 깔치 아저씨의 머리 위를 봤다. 선악의 저울이 선이 44고 악이 56으로 변해 있었다. 그리고 알게 됐다. 절대 선도 절대 악도 없다는 것을. 선악의 저울은 멈춰 있지 않고 움직인다는 것을.

하여튼 엄마는 엄마로 돌아왔다. 그리고 나는 또 하나를 느꼈다. 이용할 수 있는 것은 이용해야 한다는 것을.

그게 악이든 선이든 구별 없이.

어떤 경우든 도구는 이용하는 자에 따라 쓰임이 달라지니까.

'이제 공부만 하면 되겠네.'

정말 죽어라 공부해서 검사가 되어볼 참이다. 수신도 끝냈고 제가도 마무리했으니 치국은 못해도 나는 뭐가 되어도 될 것 같다.
"너는 뭐가 되어도 될 것 같다."
"검사가 될 건데요."
"검사?"
갈치 아저씨가 어이없다는 표정으로 나를 봤다.
"예, 제가 검사 되면 여기 있는 분들은 한 번씩 봐드릴게요."
"최소한 너한테는 안 잡혀야겠다."
"왜요?"
"쪽팔리잖아. 너한테 잡히면 가오 빠지잖아."
갈치 아저씨가 씩 웃었다.
'저도 다시는 만나고 싶지 않네요.'
갈치 아저씨와 다시 만날 일이 생긴다면 둘 중 하나이다. 내가 검사가 되어서 사기도박으로 잡힌 아저씨를 처벌해야 할 때이거나 내가 도박과 관련된 일을 하게 될 때일 것이다.
그러니 우리는 여기서 영원히 바이바이 해야 한다.
아저씨의 말 그대로 서로 쪽팔리지 않게.

『법보다 주먹!』 2권에 계속…

이 시대를 선도하는 이북 사이트

이젠북

www.ezenbook.co.kr

**더욱 막강해진 라인업!
최강의 작가들이 보이는 최고의 재미.**

이들의 "유료연재"가 시작됩니다!

김재한 『성운을 먹는 자』
홍정훈 『월야환담 광월야』
이지환 『어린황후』
좌백 『천마군림 2부』
김정률 『아나크레온』

태제 『태왕기 현왕전』
전진검 『퍼팩트 로드』
방태산 『완벽한 인생』
왕후장상 『전혁』
설경구 『게임볼』

검색창에 **이젠북** 을 쳐보세요! ▼ Q

초대형 24시 만화방

신간 100%, 샤워실, 흡연실, 수면실(침대석), 커플석, 세탁기 완비

■ 강북 노원역점 ■

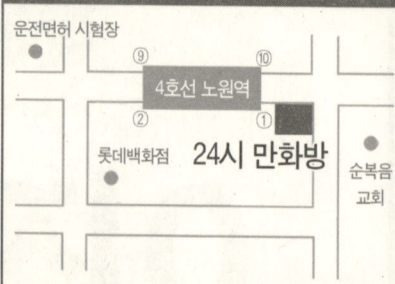

서울 노원구 상계동 340-6 노원역 1번 출구 앞 3층
02) 951-8324 (화용빌딩 3층)

■ 일산 정발산역점 ■

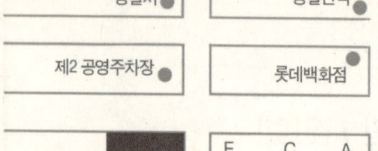

라페스타 E동 건너편 먹자골목 내 객잔건물 5층
031) 914-1957

■ 일산 화정역점 ■

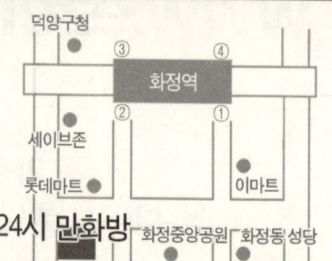

경기도 고양시 덕양구 화정동 984번지 서일빌딩 7층
031) 979-4874 (서일사우나 건물 7층)

■ 부천 역곡역점 ■

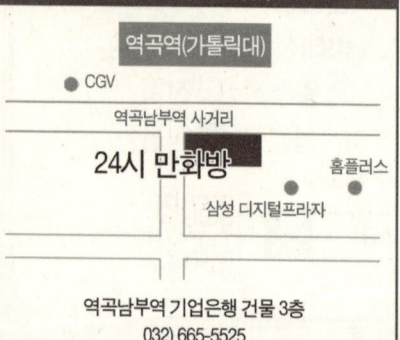

역곡남부역 기업은행 건물 3층
032) 665-5525

■ 부평역점 ■

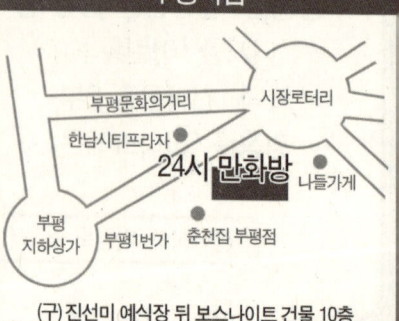

(구)진선미 예식장 뒤 보스나이트 건물 10층
032) 522-2871

허담 新무협 판타지 소설
FANTASTIC ORIENTAL HEROES

신력을 타고났으나 그것은 축복이 아닌 저주였다.

『십자성 - 전왕의 검』

남과 다르기에 계속된 도망자의 삶.
거듭된 도망의 끝은 북방 이민족의 땅이었다.
야만자의 땅에서 적풍은 마침내 검을 드는데……!

"다시는 숨어 살지 않겠다!"

쫓기지 않고 군림하리라!
절대마지 십자성을 거느린
적풍의 압도적인 무림행이 시작된다!

Book Publishing CHUNGEORAM

유행이 아닌 자유추구-
WWW.chungeoram.com

이계진입 리로디드

임경배 퓨전 판타지 소설

FUSION FANTASTIC STORY

『권왕전생』 임경배의 2015년 신작!

『이계진입 리로디드』

**왕의 심장이 불타 사라질 때,
현세의 운명을 초월한 존재가 이 땅에 강림하리라!**

폭군으로부터 이세계를 구원한 지구인 소년 성시한.
부와 명예, 아름다운 연인…
해피엔딩으로 이야기는 끝인 줄 알았건만
그 대가는 지구로의 무참한 추방이었다.
그리고 10년 후…….

"내가 돌아왔다! 이 개자식들아!"

한 번 세상을 구한 영웅의 이계 '재' 진입 이야기!

Book Publishing CHUNGEORAM

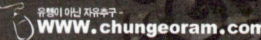
유행이 아닌 자유추구 -
WWW.chungeoram.com

paráclito

빠라끌리또

FUSION FANTASTIC STORY

가프 장편소설

막장 비리 검사가
최고의 검사로 거듭나기까지!
그에겐 비밀스러운 친구가 있었다.

『빠라끌리또』

운명의 동반자가 된 '빠라끌리또'가 던진 한마디.

-밍글라바(안녕하세요)!

그 한마디는 막장 비리 검사, 송승우의
모든 것을 통째로 리뉴얼시켜 버렸다.

빠라끌리또=Helper, 협력자, 성령.

Book Publishing CHUNGEORAM

유행이 아닌 자유추구 -
WWW.chungeoram.com

철백 新무협 판타지 소설
FANTASTIC ORIENTAL HEROES

大武
대무사

피와 비명으로 얼룩진 정마대전의 종결.
그리고…

"오늘부로 혈영대는 해산한다."

혈영대주 이신.
혈영사신(血影死神)이라고 불리는 그가
장장 십오 년 만에 귀향길에 올랐다.

더 이상 전쟁의 영웅도, 사신도 아니다!

무사 중의 무사, 대무사 이신.
전 무림이 그의 행보를 주목한다!

Book Publishing CHUNGEORAM
WWW.chungeoram.com